埋もれた波濤

滑志田隆

論創社

目次

故尾崎一雄先生に捧ぐ

埋もれた波濤

Ushio—2016. 2. 25

（一）

「サハリンはおもしろいぞ。一緒に行こうぜ」

北海道に住む長岡から突然の誘いがあったのは、残暑がようやく一息ついた九月下旬のことだった。

彼の提案はいつも唐突だ。数年に一度だが、「東京に出張する。夜、空いていたら飲もう」という連絡があるのも、いつも二日か三日前である。そのたびに予定をやりくりするのに面倒な思いをする。しかし、この調子で長らく付き合ってきた。

「それは樺太のことだろう。そんなに意気込んで、何がおもしろいのかね」

曽根一郎はあえて、とぼけた調子をよそおって電話口で言った。障子の外の小さな庭で、武蔵野の雑木林から飛来した法師蟬が一四、命ある日を惜しむかのように鳴いている。

実はサハリンと聞いただけで、曽根の気持ちの中に大きく揺らぐものが生じていた。だが、その理由を長岡に説明するには時間を要する。そこには触れずに彼の説明に耳を傾けた。

「そりゃあ、おもしろいに決まっているさ。間宮林蔵や最上徳内が探検に行って、日本列島の北端だと考えたところだ。この前の戦争に関連して暗い話も多く残っているが、日本とはこれからも縁が深くなるところだ。第一、君、でかいアンモナイトの化石がごろごろしているし、トドたちが氷に乗っかって旅人に挨拶するって言うぜ。おもしろいだろう」

都立高校の同級生でバスケット部の仲間だった長岡は、大学受験の際、父親の出身地の北海道の学校を選び、卒業後にそのまま住みついた。そして、四十年にわたるサラリーマン生活は、道内ばかりを転勤しているうちに定年を迎えた。

「そもそも、何でいまサハリンなんだい。トドと言ったって、まさか氷に乗って空港で出迎えているわけじゃないだろう。野生動物を撮影するのが目的なのかね」

曽根がたずねると、長岡は「いや何、ちょっと事情があってね」と言うだけだ。

「だいたい君は会社を辞めてから、いま何をやって日々を過ごしているのかね」と曽根は重ねて聞いた。ようやく会話が落ち着いてきて、唐突な勧誘の背景もおぼろげながら分かりかけてきた。

大学で土木工学を学んだ長岡は、卒業後に地元の建設会社に就職した。定年後に傘下の会社に移り、役員の職を無難にこなしたらしい。この四月にフリーになったことは、紋切り型の挨拶状で知っていた。土木技術にかかわる仕事をしているものとばかり思っていたが、実際には総務系の職場を中心に歩き、時には国政選挙の候補者のバックアップまで仕事の範疇に入っていたという。親しい間柄だが、何をやっているのかよく分からないところが、いつも彼にはある。

とにかく長岡はいまや老境に入り、一人息子は無事に就職・結婚して、孫もいるという。それで彼が何を始めたかと言えば、まず大学の同窓生を中心とする俳句サークルに入った。公営プールでの水泳にも通う。さらに何を思ったか、「オレには物書きの才があるという人もいるので、挑戦してみることにした」と言い、旅のペンクラブと称する団体に入会した。

それでどのような文章を書いたのかは、まだ見たことがないので分からない。旅先から来る絵葉書によると、国内だけでなく北欧諸国にも足を延ばし、自分の撮った写真にエッセーをつけては、小さな雑誌に原稿を寄せているらしい。

「東京に住んでいる君には分からないかもしれないけれど、北海道では千島やサハリンに特別な思いを抱き続けている人が多いのだ。旅のペンクラブのメンバーの中には何度も北方領土を眺めに行く人がいる」

そんな流れの中で来年の五月、鉄道と高山植物を見るサハリン旅行がクラブ内で発案されたらしい。かねてからサハリンに特別な思いを抱いていた長岡は、その企画幹事に名乗りをあげた。北方の自然風景をカメラにおさめ、自分の旅のエッセーに新境地を開きたいらしい。

問題はここからだ。ペンクラブは下調べのために先遣隊を出すことになり、長岡は当然のようにチーム入りを志願した。しかし、渡航の手続きに面倒くさいところがあり、現地で調達するバスや案内人の都合によって、十一月下旬にならないと下見ツアーの受け入れが難しいということになった。この時期のサハリンの気候は荒れるらしい。それで一人、二人と希望者が撤退し始めたという。

この下見プランを成就するためには、最低催行人数というものが示されており、このままでは成立が難しいという意味のことを旅行会社に言われた。そこで、人数確保のために曽根が誘われたという次第だった。

「それじゃあ旅行会社に踊らされているようなものじゃないか。僕はそのクラブの員数合わせかね。穴埋めか当て馬のような感じだな」

曽根は不快感をよそおって言った。しかし、実はもう心の中をサハリンが占めている。かねてから一度は行きたいと思っていたが、一人で出かけるには重苦しい事情もある。このような団体旅行に誘われる機会を待っていたとも言える。同行者が少なくなった方が、うるさくなくて良いとすら思う。しかし、ここは一種の交渉の場面でもあるので、しぶしぶ付き合ってやるというポーズを取っておきたかった。

「安くするんだろうな。君と違ってこっちは三年前から年金暮らしだ。サラリーマン時代のような余裕はないぞ」

「それは心配ないよ。われわれは旅行作家の集まりということになっている。だから、特別に安い料金で受け入れると、現地のツアーガイドも約束している。当て馬というけどね、そういうつもりじゃないよ。まあ、そういった側面が少しはあるが、本質的な問題ではないね。とにかくチャンスなんだ。おもしろいことは間違いないぜ」

定員を満たすために、知人を何人か誘わねばならないというノルマを引き受けているのではなかろうか、と疑いたくもなる。だが、彼の最後の一言で、曽根は「分かったよ、行くよ。書類を送ってくれ」と言わざるを得なかった。

長岡はこう言ったのだ。

「もう辞めたとはいえ、君は元新聞記者じゃないか。これはジャーナリストの残日録にとって損のない話だと思うね。実はうちのペンクラブにもそう言ってあり、すでに君の参加を承諾してもらっているんだ」

長岡は電話を切った。強引なのに、いつも何か爽やかな印象を残すから不思議な男である。

受話器を置いたあと、曽根は本棚から世界地図帳を抜き出して頁を繰り始めていた。意外なことに、「ロシア」の名で区分された数頁分にサハリン州の拡大図が載っていなかった。「日本周ができた。

辺」という見開きの千二百万分の一の図を開いて、ようやく「樺太（サハリン）」を見つけること

いくつかの都市の名が細長い島の図上に記されている。その南側に下がると、「宗谷海峡」の文字の上に赤い太線が引かれ、国境を示している。同じ赤い線が択捉（えとろふ）海峡にも短く描かれ、さらにサハリン中央部の北緯五十度の線上にもあった。

曽根はことのついでだと思って、かなり厚手の日本地図帳も開いてみた。見開き二頁の「北海道北部図」の一番左上に礼文島があり、その上端に赤い三つの点でスコトン岬が描かれている。その上方は黒い罫線によって遮られており、さらに北のサハリンまでは載っていなかった。

彼は一息つきながら、自分の記憶をまさぐった。三十代の頃だったが、勤務先の新聞社の図書室から持ち出したロシア語のサハリンの地図と、北太平洋の航空管制図を机上に広げ、何時間も見つめていたことがあった。

それは結果としては空しい努力であり、何の成果にもつながらなかった。当時の状況を思い出すと、苦々しさがよみがえってくる。

「やはり、ここには行かなければならないな」

彼は地図帳を閉じながら、書斎の外の景色を眺めた。法師蟬は庭の立ち木から去り、住宅街の

遠くで鳴いている。しつこい暑気はまだ、空の底に滞り続けていた。

曽根はこの八月で六十五歳になった。老齢年金が増額されて喜んだのは束の間であり、プラス分はそっくり妻の取り分になった。

それまで十数年間、娯楽にしてきた競馬は原則禁止だ。趣味のテニスは続けているが、もう上達は見込めない。近所の友に勧められるままに老人連の俳句会に入り、合唱団にも加わった。さらに市民農園を借り、週一度のノルマのように菜類を栽培し続けている。いずれも自分に向いているとは思えず、いつまで続くか分からない。

三十五年間勤めた新聞社を定年退職したのは五年前で、その関連の印刷会社の事務に行くように人事部から勧められたが、その気にはなれなかった。元々、会社はあまり好きではない。在職中に大きな仕事をしたわけではなく、新聞記者といっても政局や事件・事故の裏話とも縁が遠かった。

思えば、いつも自分が本流にはいないことを意識していた。五十五歳以降は窓際族として調査部門の席をあたためた。しかし、そうした境遇にも不満を持つことはなかった。大学生の時、文学部の考古学教室に七年間もおり、就職口がなくてぶらぶらしていたところを親戚のコネで新聞社の図書館勤務を紹介してもらった経緯がある。いつも「文句を言えた立場ではない」と自分に言い聞かせながら勤務した。

彼が勤める新聞社は皇居に近い大手町にあった。図書資料部に五年いたあと校閲部に回り、新聞紙面の字句を修正する仕事に精を出した。いつも深夜まで働いた。しかし、シフト勤務だったので休日はふんだんにあり、家族サービスも程々に行った。サラリーマン泣かせの転勤も、一時的に地方記者になった四十代後半に山形県に一度行かされただけだ。子供が高校生と中学生だったために単身赴任を強いられたが、ぶらぶらしているうちにノルマの二年間が過ぎた。地方の生活が単調だった分だけ貯金が増えたくらいで、何事も起こらなかった。

同じ社にいる新聞記者たちから、小さい子供の運動会や学芸会に行けずに恨まれたという話をよく聞いたが、彼はそのような不自由を感じたことはない。二人の男児は父親の仕事に大した関心も示さず、いつの間にかたくましく育ち、家を出ていった。妻は家事も教育も無難にこなし、いまは自分の研究分野である児童心理学とカウンセリングに熱中している。

改めて自分のサラリーマン生活を振り返れば、特段、懸命に働いたというわけでもなく、どちらかと言えば安くはない給料をもらい続け、中古の家も買ったし、酒も好きなだけ飲んだ。短期間ではあったが、気に入った女のいるバーに通ったことすらある。そして、いつの日にか仕事を怠ける術を心得てサラリーマン生活を終えたのだ。

ジャーナリストであると思って胸を張ったことはない。マスコミ産業の末端にいて、その空気を吸いながら生きたが、どちらかと言えば傍観者として終始した。

だが、一度だけ背筋を伸ばし、寝食を忘れて駆け回った時期があった。それは「大韓航空機撃墜事件」と呼ばれる、謎に満ちた出来事の取材の日々だった。今思い返しても、きわめて腹立たしく、やり場のない怒りを覚える。

単に未解明という言葉ではおさまらないものが、この事件の背後にはあった。政治の壁が民間航空機の犠牲者と遺族をないがしろにして、いまだに全容の解明への努力を閉ざしているのだった。

その頃、曽根は結婚した直後で板橋の社宅に住んでいた。まだ大学院生だった妻との間には長男も生まれていなかった。入社八年目にして取材部門の体験研修に出向する機会が回ってきた。そして、たまたまの巡り合わせで担当したのが、大韓航空機撃墜事件だった。

当時、一連の報道を通じて、自分の体の中に怒りがあふれることを覚えた。その気分に突き動かされるようにして日々を刻んだ。研修とはいえ、徹夜で仕事をするのも何とも思わなかった。それは自分の一生の中でも不思議な時期だったと、今にして思う。

一九八三年八月三十一日、日本時間の午後十時、一機の旅客機がアラスカのアンカレッジ空港を離陸した。大韓航空（KAL）007便のボーイング747型機であった。同機は、ニューヨークから金浦（きんぽ）国際空港に向かう乗員乗客二百六十九人を乗せていた。

不思議なことに007便は離陸から間もなく指定の航路を大きく逸脱し、それに気づかぬ様子で飛行し続けた。そして北太平洋を北西方向に横切ってソ連領のカムチャツカ半島の上空に達し、領空侵犯を確認したソ連空軍の戦闘機に追尾された。ソ連戦闘機は一日午前三時二十五分、サハリン上空で警告を無視した旅客機の後部にミサイルを命中させた。生存者はゼロだった。日本人の乗客が二十八人含まれていた。

出来事のあらましが判明するのに多くの時間がかかった。そして、007便がなぜ航路を離脱したのかについての真相はいまだに闇の中だ。編集局の社会部に派遣されていた曽根は、第一線の取材記者の助手的なポジションにあり、この不可思議な事件を追うチームの一員に加えられた。

あの九月一日、指定された午前九時に社会部に出向くと、編集局内は騒然としていた。午前七時過ぎに「大韓航空機が行方不明」の第一報が飛び込んできた。社会部はその速報を夕刊に入れる作業の最中であった。

その頃の夕刊早版は午前十時半が出稿締切だった。とりあえず乗客の安否を中心とする概要を掲載する必要に迫られたが、情報が乏しくて事実関係が確定せず、編集局内は混乱していた。「モスクワは何と言っているんだ」「誰か米軍に電話して聞いてみてくれ」「日本人は何人乗っているんだ」

局内にそんな声が飛び交っていた。電話にかじりつく当直明けの記者たちを見回しながら、庶務担当デスクが茶碗に湯を注いでいた。彼は立っている曽根を見つけると、「やあ、校閲部の方ですね。今日は勉強になるよ。今、羽田に車を出すので相乗りしていったら……。夜までそっちで過ごしてちょうだい」と言った。

曽根は研修着任の挨拶も十分にしないまま、地下二階の車両部まで下りていき、そこで社会部の遊軍記者とカメラマンと合流し、黒塗りの社有車に乗り込んだ。高速道路を飛ばす車の前部左側に新聞社の小旗がなびいており、その先端がちぎれているのを見た。この時から研修の期間が切れる九月末まで、曽根はこの事件の取材班と共に過ごすことになった。

曽根を乗せた車は、新聞社が所有するヘリコプターやセスナ機が待機する格納庫に寄り、記者とカメラマンを降ろした。若いカメラマンは「これから北海道上空まで飛びます。研修がんばってください」と笑顔で言い残した。中年の記者の方は険しい顔つきをしたまま、無言で歩き去った。

曽根は一人で運輸省が所管する空港ビルまで行き、「社会部羽田分室」という表札が掛かった一室を探し当てた。ドアは開いており、大柄で髪の毛がぼさぼさの男が、壁に貼ってある日本周辺の地図に、しきりに三角定規を当てていた。

彼は曽根の顔を見ると、「聞いています。ごくろうさまです。いま、混乱中なので説明はあとにしましょう。基本的には自由にやってください」と言い、新聞社の名が赤い文字で刻印されている腕章を投げてよこした。

「僕はこれから管制部に行って話を聴きます。よろしければ付いてきてください」と言うやいなや、男はもうドアを開けて飛び出していた。これが、曽根が後々まで付き合うことになる、万城目（まんじょうめ）という珍しい苗字の入社六年目の記者だった。彼は、中部地方の支局で五年間の研修を了え、東京本社に上ってきてから一年と経っていない社会部一年生だ、と自分で言った。

曽根は彼の後を小走りで追った。大股だが、素早い動きだった。「部外者立ち入り禁止」と書かれた運輸省航空管制部の中にどんどん入っていった。不服そうな顔で見上げる主席管制官を「異常事態なので説明願います」と一喝し、メモ帳を取り出して矢継ぎ早に質問を浴びせた。

夜勤の管制官からの事務引き継ぎの記録が机の上に乗っていた。日本時間の一日午前三時二十分二十秒に、大韓航空００７便は「これから三万五千フィートに上昇し、高度を維持するので、今から三万三千フィートを離脱する」と管制に報告。そして、七分後の日本時間の午前三時二十七分十秒、「コックピット内、急減圧」「一万フィートに機体降下」と叫び声を上げ、雑音交じりの交信を最後に消息を絶ったのだった。

万城目は取材内容を電話で本社デスクに伝えたが、その会話は曽根の耳にいかにも刺々しく聞こえた。切れ切れの万城目の言葉から、そのやりとりの内容を想像するほかはなかった。

「なに、そんな……」「こっちでは、そんなこと言ってませんよ」「どこからの情報ですか。信じられないな」「分かってます。ここで待機します。交信記録のコピーを幹事社を通じて頼んでいますので、回収するオートバイをよこしてください」

曽根には意味がよく分からなかった。しかし、自分がいま緊迫した状態の中にいることを察するには十分だった。

時折、滑走路から飛行機が離陸する轟音が伝わってきた。そのたびに社会部分室の厚い硝子戸が微かに揺れた。万城目はその音に対抗するかのように、受話器を握りながら怒鳴るような声を出していた。

「これが最先端の仕事の現場なのだ」と思いながら、曽根はあたかも客人のようにして、背もたれが壊れかけた椅子に座っていた。

本社内ではかなりの混乱が続いている様子である。各部が寄せる情報がチグハグであり、まとめ役の整理部で収拾がつかないのだと曽根は推測した。夕刊早版の一面の見出しを総合すると、「大韓機行方不明。日本人含む乗員乗客二百六十余人」。次の版は韓国発の情報に依拠した「大韓機は、サハリンに強制着陸。全員無事」。そして、最終版には「ミグ23が追尾。救助信号を確認」の袖見出しが付いていた。

本社から羽田分室に届けられるファクシミリが知らせる一面の見出しは、極端な情報の変化に、誰もが振り回されている様子を物語っていた。

万城目は空港ビル内にある運輸省の出先機関や、航空記者会のクラブ室などを走り回っていた。その間、曽根は分室の電話の番をした。社会部のデスクが原稿の取り換えを求めてきた。運輸省担当の記者、航空担当の編集委員らが、あれこれと欲しい資料の名を告げては、「急いでくれよな」と催促してきた。

午後一時過ぎ、万城目はどこからか食パン類とテトラパックの牛乳を買ってきて、曽根の前に投げるように置いた。

「すいません。留守番させちゃって。いろんな人がうるさく言ってくるので、適当にメモしておいてください」

彼はそう言った。その間も腰につけたポケットベルが高い音を出している。「では、よろしく」と言い残すと、眉を吊り上げて再び外に飛び出していった。

午後三時過ぎまで、万城目は分室の電話で短い原稿を送っていた。そのあと、航空記者会にいる他社の記者らと相談し、管制当局に提出を求める資料をリスト化する作業に追われた。彼との断片的な会話で、曽根は自分がどのような現場にいるのかをおおよそ理解した。

日本近海の上空を過ぎる飛行物体はすべて、政府機関によって監視または管制されている。その拠点は航空自衛隊入間基地にある監視レーダーと救難支援部門である。所沢にある運輸省の東京国際対空通信局も空の通信のすべてを把握しており、両者は緊密に連絡を取り合っている。入手された情報は直ちに防衛庁と運輸省航空局に届けられる仕組みになっている。

羽田の航空管制部は、所沢で記録された交信記録をリアルタイムでチェックする補助機関としての機能を担っていた。新聞社側の事情としては、航空管制に関する情報の入手は一義的には運輸省詰めの記者が対応するものの、羽田分室でも同じ資料を得ることができる。このため、社会部デスクは双方に取材手配を行っていた。

午後五時になり、万城目は「本社で対策会議があり、出てくれと言ってきました。行きましょう。こっちも忙しいんだけどな」と、また鳴り始めたポケベルを押さえながら言った。

曽根は空港内のモノレールの発着駅に導かれた。乗降や出迎えの人ごみの中に身を置いて、ようやく羽田空港らしいところに来た感じがした。東京国際空港の名はそのままだが、大半の国外線の離発着は成田に移っている。台湾との間を往復する中華航空のみが、いまだに羽田をベースにしていた。駅には国内線から降りた客があふれ、モノレールの車内では「大韓航空007便、行方不明」のテロップニュースが話題になっていた。

万城目は空いている席に座らず、吊革をつかんで目をつぶっていた。考えているのか、眠っているのか分からなかった。首を傾けたその横顔を見ながら、曽根は質問を呑み込んだ。

（二）

慌ただしく緊迫した夜が始まろうとしていた。

編集局内で開かれた大韓航空機遭難対策会議に各部から計二十人近い記者が集められていた。数の上では見出しやレイアウトを担当する紙面整理の担当者が多かった。最大の関心事は二百六十九人の乗客乗員の安否である。大韓機の航跡とソ連空軍の対応、自衛隊レーダーや通信の傍受記録、米軍による情報解析と日本政府の対応が当面のニュース取材の焦点となる。

整理部の部長級デスクが対策会議の司会を務めた。事件の全体像をどのように描くべきかについて、まず政治部の見解が求められた。

「国防上の秘密と関連するので、資料が出てくるにしても時間がかかるし、アレンジされたものになるだろう。本当のナマ資料は最後まで出てこないかもしれない」

事件の筋から離れて、いきなり背景解説のような発言だった。そのように難しい性質の事件になることは、誰もが予感していた。

中央に座ったやせた神経質そうな男が、「交番」と呼ばれる朝刊担当の編集局次長である。彼は「防衛記者のHがいないな。どうしたんだ」と、誰にともなく聞いた。社会部のデスクが「彼は飛び回っているようですね。ポケベルにも応答なし」と短く答えた。

どのような朝刊紙面を作るのかについて、具体的な議論が始まった。政治部デスクが官邸で行われる記者会見の予定時刻を告げた。一方、社会部は日本人乗客の割り出しを急いでいた。まだ不完全な部分があるが、アルファベット表記の搭乗者名簿が用意され、連絡先が判明したものから順に、全国の通信網に家族や勤務先への取材が手配されていた。整理部デスクは、一刻も早く漢字表記の姓名リストを用意するように要請した。

次に外信部のデスクが報告した。

「モスクワの日本大使館からソ連の外務省に問い合わせたところ、サハリンの飛行場のどこにも大韓機の姿はない。不審な飛行物体を空軍の戦闘機が追尾したことまでは確かだが、その結果は行方不明だったと言っている」

これを聞いて、整理部デスクが「どうやら、強制着陸の線はなくなったな」とつぶやいた。

そこへ編集補助員が新たなメモを運んできた。防衛庁から得た非公式情報として、「ミグ戦闘機がミサイルを発射した形跡がある」というのだ。

それを聞いた者たちの間から、「やはりな」「大変だぞ、これは」という声が漏れた。

間髪を入れずに局次長が指示を出した。

「朝刊の硬派は007便の航跡と政府の対応。さらに、自衛隊による情報解析。軟派は大韓航空の日本支社と留守家族の様子が中心。評論家たちの推理も並べよう。まだ遺族じゃないから、その言葉を使わないように注意しよう」

万城目は「羽田担当ですが、いま通信記録をペーパーにして出してくれるように管制部と交渉中です」と発言しただけだった。

会議は三十分も経ぬうちに閉会。それぞれの所属部署までの距離は遠くないが、記者たちはみな小走りで散っていく。曽根は「また羽田に戻るのですか」と万城目にたずねた。「まず家族の取材に回って……。そのあと、やはり戻ることになりますね」と、彼は曖昧な答え方をした。

社会部の警察方面回りの記者たちに遭難者の顔写真の収集が指示された。万城目は高井戸の留守家族宅に行くという。曽根も写真部員と共に同乗することにした。

社旗をおろした車が杉並区の住宅街に入ったのは午後七時過ぎだった。曽根はかなりの空腹を覚えていたが、口には出さなかった。万城目は無言でポケットのラジオを聴いていた。車が止まり、彼はショルダーバッグから懐中電灯を出した。しかし、闇はまだ薄く肉眼でも家々の表札の文字を追うことができた。

万城目はインターホンで新聞社の名を告げ、「お取り込み中とは存じますが、お伝えしたい最新の情報もありますので、ご面会ください」と言った。そして、玄関から靴を脱いで上がった。

大韓機007便に十八歳の息子が乗っていたという母親が、狼狽した様子で新聞社の取材に応じた。その顔は青ざめており、声は押しつぶされたように小さかった。

「先ほどから地図帳ばかり見ています。強制着陸させられて、すぐに戻ってこられるのかしら。どうして飛行機はソ連の方にまで行ってしまったのでしょうか。いま、ラジオで言っている銃撃の可能性なんて、嘘ですよね」

母親の溜息交じりの言葉に、万城目は「そうですね。警告のための射撃だと思いますけれど……。そんなこと、信じられませんよね。民間の航空機ですからね」と相槌を打った。しかし、彼は007便からの最後の通信内容に「減圧」と「急降下」の言葉があったことを母親に告げなかった。

「乗客の安否と本人確認のために使わせていただきますので、ご子息の写真をお願いできますか」

万城目はさらに「申し訳ないのですが、地図を見ていらっしゃる様子を写真に撮らせてください」と言って、玄関に立っていた写真部員を招き入れた。

曽根は玄関から動かずに、家の中の空気を読もうとした。揃えてある靴の様子から、複数の男女がこの家に住んでいることが推測された。しかし、家の中は重苦しく沈黙し、奥の部屋にいる者が母親と記者とのやりとりに聞き耳を立てている様子がうかがえた。

「地図の北海道の上、サハリンのあたりを指でおさえていただけますか」

写真撮影のために、そのように注文する万城目の声が聞こえた。母親は「新聞社には乗客の声も入ってきているんですか」「サハリンにはどんな飛行場があるのかしら」などと質問し続けていた。

万城目はそれを振り切るように、「間もなく詳しい情報が入るはずです。僕からもこちらへ連絡します。朝刊の早版の締め切りが近いので、これで失礼します。ご子息のご無事を祈っています」と言って、立ち上がった。

「ありがとうございます。お願いします」という、母親の消え入るような声が聞こえた。それは耳に突き刺さるように哀切だった。

車の座席に戻った万城目は、運転席の脇に付いている無線電話機を取った。遭難した青年の顔写真を入手し、母親の話とポーズ写真を得たことをデスクに告げた。そして、運転手に対して「写真部員だけ社の玄関前で降ろし、僕を羽田まで送ってください」と言った。

彼はふーっと大きな息をついてから、曽根の顔を見るともなくつぶやいた。

「申し訳ない取材をしてしまったな。ミサイルで撃たれて無事なわけがないよ。安否確認のための写真だなんて……」

その顔つきは冴えなかった。迷いのないような動きを見せながら、それと裏腹に、もう一人の自分自身と重苦しい対話をしている……。万城目の姿がそのように見えた。

新聞社の前で停まった車が曽根とカメラマンの二人を降ろした。そして、何度も時計を見る万城目を乗せて闇の中に吸い込まれていった。

写真部の記者は三種類のカメラと脚立をかつぎながら、ゆっくりエレベーターホールに向かって歩いていく。その後ろに付いた曽根は、改めて自分が空腹であることを思い出した。これからの徹夜に備えて腹ごしらえをしたいと考え、地下一階の蕎麦屋に入った。カレーライスとざるそばを食べ終わると、昂ぶった気持ちがようやく落ち着いた。その足で編集局に上ると、午前にも増して喧騒の世界が繰り広げられていた。

事件取材は一般的に、時間とともに事実関係がはっきりしてくる。だが、行方不明のKAL007便の場合は、情報源ごとに異なった事実関係が組み立てられていく。時間が経つにつれて、何が本当なのか分からなくなっていった。

曽根は社会部に集まる情報を自分なりに整理した。大韓航空機がソ連領を侵犯し、ミグ戦闘機と接触したのは間違いないことだった。自衛隊がソ連の戦闘機のパイロットの無電の一部を傍受していた。

航路を逸脱した大韓機側の過失は明らかだ。しかし、民間機であることが確認された以上、撃墜されることはないだろう。それだけはまったく信じられないことに思われた。

この日の夕方までに政治部が入手した内閣調査室の情報として、「サハリン周辺海域で多数の救難信号を確認。救助活動が行われている可能性あり」と伝えられていた。

曽根は一人の傍観者として、各部の動きを見つめ続けていた。執筆することもなく、鳴り続ける電話にも出なかった。研修生の自分としては、この夜の編集局全体の動きに目配りし、その細部まで見届けることが使命であると考えた。

社会部の大きな掲示板には、日本人乗客二十八人の住所氏名と年齢が、判明した順に張り出されていた。さらに一名、韓国籍で東京の小学校に通う少年の名が加えられ、関係遭難者は計二十九人となっていた。

行方不明者の家族が、続々と有楽町の大韓航空日本支社に駆けつけており、近くのホテルに同社の対策本部が設置された。そこに報道関係者も押しかけたが、ＫＡＬ社が提供する情報は、正常運航を仮定した際の航跡だけであり、大きな逸脱が判明した今となっては何の役にも立たないものだった。

同社がまとめる乗客の安否に関する情報は、希望的な憶測に終始し、領空侵犯の原因については「パイロットの操縦ミスで航路を逸脱したことは考えられない」と繰り返すばかりだった。「ソ連軍が誘導電波を発したに違いない」という根拠のない見解が、強い口調で反復され続けた。

午後八時二十分、外務大臣が記者会見した。「007便は一日午前三時二十八分に墜落したと思われる。ソ連機によって撃墜された可能性が高い」との内容である。飛行機の遭難事件として、予想されたシナリオの中で最悪の局面が訪れた。

報道機関の執拗な求めに応じ、防衛庁空幕防衛部長が九時過ぎに記者会見した。

「大韓航空機らしい航跡は、一日午前三時十二分、サハリン東方七十キロの海上でレーダーにあらわれ、サハリン南部を横断。同三時二十分、ソ連戦闘機とみられる航跡があらわれた。同二十五分、二つの航跡はサハリン西岸のコルムスク付近で交差。同二十九分、二つの航跡ともモネロン島の北で消えた」

発表者の空将補はさらに、「ソ連機はいったん、旅客機の右側に出てから攻撃した可能性が高い」と付け加えた。

これらの内容を伝える記事原稿は政治部から出稿され、社会部にはそのタイプ打ちの複写が回ってきていた。曽根が社会部の末端の席に座り込み、調査部で探してもらった北太平洋の地図を広げたのは、その頃だった。

社会部デスクは防衛庁記者のポケベルを執拗に鳴らしていた。記者クラブの自社ブースに電話を入れると、隣席の政治部の記者が電話に出て、「社会部のHさんは、ナマの傍受記録を入手すると言って出ていったきりです」と答えたという。

編集局の慌ただしい動きを傍観しながら曽根は思った。防衛庁は当初から、何が起こったのかを把握していたのではないだろうか。不時着陸や全員救出の誤報は何だったのか。救難活動を類推させる「無線頻繁」や「救助活動の可能性」の情報も虚しかった。

何でこんなことが起きたのか。その疑問が大きく膨らんでいく。校閲記者の性癖として、曽根は入れ替わりのように運ばれてくる一面、社会面、政治面、総合面の大刷りを、文章の横に線を引きながら一行ずつ読み込んだ。それぞれの記事の内容は、情報の推移というよりも混乱の軌跡を確認しているかのようだった。

遊軍席で原稿を待つ社会部記者たちのやりとりも興味深かった。「撃ち落とされて当たり前だ」と叫ぶ年配の記者に対して、「それは違います。民間機ですよ」と反発する若い記者がいた。そうかと思えば、「大韓航空はひどい会社だ」と、鞄を投げ出しながら息巻く記者もいた。「文句は後だ。取材してきたことをすぐに書け」と諭すベテランがいた。年齢の差を感じさせない、自由で荒っぽい言葉の応酬が、いかにもニュース取材の現場らしかった。

曽根は周囲に聞き耳を立てていた。脳裏には高井戸の自宅で取材に応じてくれた母親の表情が浮かび、やり場のない暗い気分になった。


午後十時半過ぎになり、万城目が羽田から大量の資料のコピーをかかえて遊軍席に上がってきた。007便と航空管制官とのやりとりの詳細であり、その一部は米国側の航空管制の記録だった。

資料は重複しており、英文と和文の内容のダブりを整理すると、当局によってアレンジされたものであることが明らかになった。それでも、アンカレッジからカムチャツカ半島付近までの航跡をたどり、航空通信局と大韓機の位置関係を点で結ぶことができた。これに自衛隊レーダーの記録が加われば、007便の飛行の全体像をほぼ描き出すことが可能になる。

資料と航路図を対照する作業が、曽根を含んで五人がかりで続けられた。チームの中には外語大学でロシア語を専攻したという記者がいた。ロシア空軍の無電の資料が加わることを想定しての人員配置と思われた。

遊軍のベテラン記者で、英語の航空表記に堪能な四十代の男がチームのまとめ役を務めていた。

「交信記録と地図を照合し、各自が推理することをメモにしてみてくれ。何か発見があるだろう。乗客の安否と救援が一番のニュースだが、われわれは当面、007便の航跡にこだわっていこう。大韓航空の言っているソ連の誘導電波だって馬鹿にしたもんじゃないよ。可能性はあるんだ。いろんな方面から考えよう」

彼はベテランらしい落ち着いた声で指示を出した。

曽根はKAL機遭難事件の航跡解析班の一員に加えられたことに、ささやかな興奮を覚えていた。図書整理や校正で鍛えた自分の目は、文字や記号の配列の中に隠されたものを発見することができる可能性がある。海と空と島々を描いた航路地図の上を、大韓機の影が揺らめきながら横切っていく。その幻影が彼の頭の中を支配した。

航空地図の海上には、Nで始まる五文字のアルファベットで記載された空路交信所が、ほぼ直線的に配列されていた。しかし、007便の航跡はアンカレッジを離陸してから間もなく、定まった空路から北側に大きく逸脱していた。パイロットが自分の位置を確認していない可能性はゼロに近い。交信所付近の上空を通過する時点で、正規の航路を失っていることに気付かないはずはなかった。しかし、実際には、007便はまったく進路の方向を修正しようとはしていなかった。

この異常事態の背景には何があるのだろうか。「まさか、故意ではなかろう」と曽根は考えた。それを口にすると、チームのまとめ役の記者はベテランらしい口調で「分からんぞ、民間機が米軍の片棒を担いでソ連領の偵察役を務めることだってあるからな」と言った。

遊軍席にいた年配の記者は、コックピットに搭載している「慣性航法装置（INS）」への入力ミスを疑っていた。機長経験のある評論家らをリストアップして、長い電話を次々にかけていた。時折、「こいつは可能性濃厚だぞ」と誰にともなく叫んでいた。

日付が変わり、九月二日の零時半頃。肩を怒らせた中年の記者が社会部に駆け込んできて、「この線で間違いない。一面トップだぞ」と大声を上げた。夕方から連絡が取れなかった防衛庁クラブのHだった。

「待っていたぞ。整理には言ってあるからな」とデスクが応じている。一頁に三十字ほど書かれたザラ紙の原稿用紙の記事の束がいくつかに分割され、数度にわたって整理部デスクに運ばれた。

原稿の内容は、ロシアの戦闘機と空軍基地との無線のやりとりを自衛隊が完全に傍受していた、というものだった。「目標確認」「照準」「ミサイル発射」「命中」という言葉が、数分間の傍受記録の中から確認された。そして、「炎上して墜落するのを視認した」と報告するソ連空軍のパイロットの声も記録されていた。

「幕僚長に確認したから間違いない。明日の昼前に官房長官が正式に発表するぞ」

Hは大きな声で付け加えた。彼は自衛隊が保管するナマの傍受記録を入手してきたのだ。そして、正しい情報が隠されている理由、その背景を推定する記事を載せるべきだ、と興奮した口調で主張した。それを受けて、交番担当の局次長と整理担当の部長が額を突き合わせるように議論している。社会部デスクは、さらに細かい部分をHに訊きただし、しきりに頷いていた。

しかし、Hの原稿は一面に掲載されなかった。そのことはゲラ刷りの段階で明らかになった。政治面の左横に四段の見出しが立てられただけだった。

整理部の感覚で言えば、「撃墜の可能性」を一面で大きく扱っており、Hの入手した資料はその裏付け以上のものではない。「撃墜」との断定は政府の公式発表まで待ち、明日の夕刊で克明な傍受記録を掲載すべしと判断したのだった。

その大刷りを見た途端にHが社会部の遊軍席から立ち上がった。整理部の責任者の机へと突進した。

「おまえらにはニュースが分からんのか。何年、整理をやっているんだ」

怒りを込めた大きな声が編集局の中に響き渡った。しかし、整理部長は落ち着いて「情報が乱れ飛んでいる状態だ。現段階で一方に偏った紙面は作れない」という趣旨を述べた。

その冷静な態度がかえって、Hの怒りを増幅させたようだった。

「これが決定打じゃないか。そんなことが分からないのか。泥水を這い回って取ってきた資料なんだ。ロシア戦闘機のナマの言葉なんだよ」

「オレはこの紙面構成で正しいと思っている。官邸の公式発表があるまでは、全員絶望の衝撃的な紙面は作れない。それくらい、分かってくれよ」

整理部長の言葉を聞いたHは、舌が回らなくなり、目を剝きだした表情で怒鳴る。

「どう考えたって、これで決まりじゃないか。おまえたちはセンスがないんだよ。ニュースの勝負が分かってない。整理は新聞記者じゃねえ」

五十人ほどの整理担当記者が黙々と最終版の点検を行っている。そこへ注がれた言葉は攻撃的であり、荒々しいだけでなく相手を傷つけようとする意図が露骨だった。整理部長も相応の剣幕で応ぜずにはいられなかった。

「何を言うか、うるさい。仕事中だ。向こうへ行け」

Hに負けないほどの大声で怒鳴り返している。降版直前のバタついている時に怒鳴り込まれては、整理部の者たちの仕事が成り立たない。もちろん、自衛隊から独自に入手した資料には信憑性があり、その記事は優遇されなければならないだろうが、一面の空間には余裕がなかった。

「民間機の撃墜」と「乗客乗員の全員絶望」を、政府発表よりも早く大きく打ち出したい——。それは社会部の姿勢であり、戦闘機パイロットと空軍基地のロシア語のやりとりを、一面に掲載すべきだと考える者が多かった。だから、怒鳴り続けるHを止める者はいなかった。一面の整理方針に対する彼の怒りを噴出させるべきだ、と密かに思っているのかもしれなかった。

編集局の中央で二人の中年の男が、怒声を上げながらつかみ合っている。編集局次長が「二人ともいい加減にしろ」と言って、割って入った。「交番」の名にふさわしい仲裁ぶりに見えた。

壁の大時計が午前一時二十分を指していた。通信社からのホットラインのサイレンが鳴り、「外信部より速報です」という声が響いた。

日本時間の零時前に、アメリカの国務長官が「007便はソ連軍のミグ23戦闘機が発射したミサイルによって撃墜されたと発表した」と告げた。少なくとも八機のソ連戦闘機が入れ替わりに大韓機を追跡したあげく、KAL機を攻撃したらしい。

その模様のすべてをアメリカ軍の偵察機がキャッチしていたという。では、なぜ米軍機は大韓機に警告したり、適切なコースへと誘導しなかったのだろうか。米国の発表内容に、曽根は首をかしげた。

「今のを聞いたか。こんな腰の弱い新聞作りやがって。あした、各社の紙面見て、お前ら後悔するぞ」

Hが整理部の方を向いて再び大声を上げた。午前一時四十分。この時点で最終版は下りている。整理側にはもうHの暴言を相手にする者はいなかった。

その時、外信部の夜勤の補助員が社会部まで駆けてきて、告げた。

「ソ連政府の公式見解が外務省に入ってきました。その内容は『領空侵犯の大韓機を追ったが見失った。機影はサハリン南部を横断して消えた。海面に飛行体の遺留物があり、確認を急いでいる』。そのように言っています」

社会部の窓際のソファーでは、宿直室での仮眠に入る前に茶碗酒を飲んでいる者たちが数人いた。

「まだ、そんなことを言っているのか。許されんぞ」

「馬鹿にしてやがるな」

そんな声を聞きながら、曽根は遊軍席で航空地図と管制記録を照合し続けた。隣の椅子では万城目が翌日の夕刊用に出稿するために、コックピットの交信をドキュメント風の記事にまとめていた。

R20（ロメオ）と呼ばれる指定航路を北に大きくはずれながら、007便は太平洋の島にある通信局の上空を正しく通過したかのように装う交信を行っていた。曽根にはそのようにしか思えなかった。その擬態の理由の中に、事件を引き起こした原因の核心がありそうだった。

高度一万メートル。大韓機は何を考えていたのか。アンカレッジを離陸してから五時間二十六分後の「九月一日午前三時二十七分」。事件の真実は007便との交信が断絶した後に残された雑音の中に潜んでいるように思われた。

そのように考えながら、曽根はほぼ二十四時間分の疲労を感じた。窓の外が次第に白い光に覆われ始めている。何事もなかったかのように、皇居の森が黒ずんだ重そうな緑の輪郭をあらわし始めていた。

（三）

あの怒涛のような日から三十数年が過ぎている。曽根は成田空港の北ウイングで、ヤクーツク航空の搭乗手続きを待つ人々の列の中にいた。

サハリン――その地名を呟くと、苦い感覚が胸の底から呼び起こされる。いま自分がそこへ赴こうとしていることが、長い間の宿題でもあったかのように思えるのだった。

いまや一九八三年九月一日発生の大韓航空機撃墜事件を話題にする人すら少なくなった。事件の風化が自分の中にもあることを否定できない。

曽根は防寒具を詰めた大型の荷物を引きずって自宅を出る時、古いスクラップ帳を持ってきた。表紙には黒マジックで「大韓機007事件。一九八三年九月」と書かれている。埃が固まるように付着していたが、成田エクスプレスの車内でそれを払い、古い記事を拾い読みした。黄色味を帯びた切り抜き記事の一つひとつの背後に、若き日の自分の発奮と疲労の記憶が渦巻いていた。

小さなザックを背に掛けた長岡が列の隣にいた。売店で慌てて買ってきたに違いないロシア語会話のハンドブックを開き、「ズドラーストヴィチェ（こんにちは）」とか「イズヴィニーチェ（すみません）」などと声に出しては、頭に刻み付けている様子である。

札幌とサハリンをつなぐオーロラ航空の定期便があるのに、長岡ら五人の北海道の旅行ペンクラブ勢は、あえて成田発のヤクーツク航空便を選んでいた。来年初夏に予定される団体旅行の下調べのツアーなので、航空会社のサービスも比較したいという表向きの理由だった。

長岡は前夜、憧れのオペラ歌手が出演する銀座のビアホールで遅くまで騒いだらしい。目が充血し、吐く息に酒のにおいが残っていた。

「サハリンじゃ、やはり強いウォッカなんだろうな。何種類もあるというぜ、楽しみだな。ダイチェ、ムニェ、ビチィヴォーイ、ヴァドゥイ……」

長岡は手にした日ロ会話ブックを開きながら、たどたどしく言った。

「それはどういう意味だい？」

「いや何、水を一緒に付けてくださいという意味だ。そう言っておかないと、強い酒で胃をやられてしまうからな」

そんな気軽な会話をしながらも、彼は曽根が抱えているスクラップ帳を見逃さなかった。

「やはり、それを持ってきたんだな。今回の旅に誘う時から、君がそれに拘り続けていることは、僕の頭の中に漠然とあったよ」と、真面目な顔つきで言った。

曽根は頬をゆるめて応対したつもりだったが、笑顔にはなっていなかったかもしれない。これから始まる旅への期待とは裏腹に、気持ちが次第に暗くなるのを覚えていた。

そのスクラップ帳は三十数年前、社会部での研修期間を了えて校閲部に戻った直後に作ったものだった。各紙からの切り抜き記事を糊で貼った。将来、必ず仕事に役立つことがあろうと思ったが、実際には二、三度眺めただけで、執筆に利用することはなかった。

事件の記憶が雲のように去来する。突然視界が開けたように思うと、また暗鬱な混沌が襲いかかってくる。

一九八三年九月二日の正午前だった。行方不明となった大韓機007便について、日本政府は正式に「ソ連による撃墜と断定する」と発表した。この日の夕刊では、前日の一日午前三時四十分頃、モネロン島（海馬島）付近の海域でイカ釣りをしていた日本漁船が、爆発音を聞き閃光を見たことも報じられていた。

事件発生から二十四時間後に国連安保理の緊急会議が招集され、ソ連に対して事実関係の公表を求める声明が相次いだ。これに対し、ソ連代表は沈黙し続けた。また、タス通信は「国際飛行ルートを五百キロも逸脱し、故意もしくは犯罪的な規則無視の行為が行われた」と応酬。四日の朝刊には、アメリカの有力紙が「ソ連が007便を米空軍の偵察機と誤認してミサイル攻撃した可能性がある」と報じたことが掲載された。

その後、アメリカ軍の偵察機が007便に異常に接近する不可解な航跡をたどっていたことが判明した。「民間機撃墜は歴史的な暴挙」とする米国大統領の非難に対して、ソ連側は「大韓機は戦略核基地の上空を飛んでスパイ行為をしたので、ミサイルで飛行を阻止した」と応酬した。

一方、防衛庁は同七日、ソ連機パイロットの交信記録の全容を公表した。ミサイル攻撃を行ったのはミグ23ではなくスホーイ15であることが判明したが、そんなことは最早どうでもよかった。民間機と認識したうえで撃墜したことが問題だった。

なぜ、大韓機は航路を逸脱したのか。その原因の解明の焦点となるのは、同機が搭載していたブラックボックスである。米軍も自衛隊もその発見に血眼になっていた。

オホーツク海では飛行機の墜落を示すような小型の漂流物が続々と見つかった。ソ連側は、救難船によって採取された機体の破片を、月末にサハリンのネベリスク港で日本側に引き渡すことを通告してきた。

九月二十三日午後、青山葬儀所で慰霊祭が行われ、大韓航空の社長と遺族の間で最初の話し合いが持たれた。

曽根は都庁や裁判所の記者クラブにも出向き、研修生としての時間を過ごしていたが、関心は大韓機事件に注がれていた。社会部の庶務担当のデスクもそのような曽根の姿を見て、「羽田を拠点にしている万城目君のサブとして自由にやっていいよ」と言ってくれた。

万城目は同事件の専従として航空会社や遺族の取材に飛び回り続けていた。曽根は彼の後にぴたりと付き、ある時は調査報道班の別室で、ある時は外信部の机の片隅で、専用の箱に放り込まれるKAL007便関連の英文資料の整理に追われた。

撃墜事件の発生から一か月が経過しようとしていたが、事件の謎は深まるばかりだった。イタリアの航空会社の社長が「大韓機が飛行時間と燃料の節約のためにソ連領を飛ぶのはいつものこと。ソ連は民間機と確認しながら撃墜した」と発言した記事を読んだ時、曽根は怒りに震える思いだった。燃費の「節約」のために、乗客の命を危険にさらすなんてことが有り得るのだろうか。

曽根がさらに納得できなかったのは、外務大臣が十月三日の閣議で、首相に対して「大韓航空機の問題は政治的には一段落し、今後は国際民間航空機関（ＩＣＡＯ）の調査結果を待って民間機の安全運航問題に焦点が移るだろう」と、報告したことだ。

この日はちょうど研修期間が切れるタイミングだった。社会部のデスクや遊軍長にお礼の挨拶回りをしながら曽根は、この間に取材の対象にしてきた遺族たちの顔を思い浮かべた。事件の全容を知らされず、遺体も遺品もなく肉親の死を受け容れなければならない人々の心痛は、いくら推し量っても余りある。失われた命の補償と事件の真相解明を求める長く暗い闘いが、遺族たちを待ち受けているはずだった。「政治的に一段落」とは公職のトップにある者が言いそうな台詞ではあるが、一人の国民としては到底、容認できなかった。

翌日から曽根は校正係に戻り、地方版の記事や見出しをチェックしては赤字を入れる仕事に追われた。一つひとつの記事に取材者の思いが込められているので、おろそかに読み流すことはできない。社が統一基準を持つ漢字や送り仮名を守り、日々の新聞を読者に届けなければならない。曽根は自分の内部に、社会部での研修の成果が育っていることを自覚した。

大韓機撃墜の真相を追う記事は連日のように掲載されていた。曽根は可能な限り、何種類もの新聞、週刊誌に目を通し、事件に対する自分の関心を維持させようと努めた。この事件を担当したという自覚を失いたくなかった。

十月六日のことだった。最も気になっていた007便コックピットからの最後の通信に関する運輸省航空局の見解が各紙に掲載された。「減圧」と「急降下」が絶叫された後、十五秒間の通信は雑音によって解読が不明とされてきたが、航空局は雑音除去の技術を駆使して人の音声のみを抽出したという。

それは「ワン・ツー、ワン・ツー、デルタ」という言葉だった。この最後の言葉は何を意味するのだろうか。日本、韓国、米国の航空操縦の関係者に当たっても一向に判明しなかった。運輸省のスポークスマンは「パイロットの緊急用の言葉と考えられる」という、無責任とも思われる推測の言葉で発表資料を締めくくっていた。

一週間後、ソ連の空軍当局筋が報道関係者に語った話として、軍の内幕を憶測する記事が掲載された。それによると、事件が起きる直前のカムチャツカ半島のソ連軍レーダーは、三基のうち二基まで故障しており、ほとんど機能しなかったという。このため、KAL007便がサハリン上空に到着するまで、その領空侵犯を確認できなかったらしい。慌てて発進した戦闘機は大韓機を追尾する過程で、同機が米国の施設に機密情報を送っている確かな証拠を摑んだのだという。ソ連空軍当局としては、そのまま逃走させるわけにもいかず、マニュアルに従って撃墜命令を下したという。

ソ連側も苦しい事情を抱えていたのかもしれない。しかし、「民間機を撃墜する暴挙の申し開きとしては拙劣極まりない」と曽根は思った。

事件発生から二か月が経過し、曽根の仕事机に立てたスクラップ帳は膨らみ続けた。その残頁が少なくなるのにしたがって、切り抜かれる記事は扱いが小さなものになっていった。

十一月六日の朝刊で、KAL007便のブラックボックスの捜索を打ち切ることに米韓両国が合意したことが伝えられた。同じ紙面に、日本政府が大韓航空機事件にともなう対ソ制裁措置を中止する方針であり、近く閣議決定されるという見通し記事が載った。そして同十日、海上保安庁に設置されていた「大韓航空機007便海難対策本部」が正式に解散した。

一連の記事を見渡してきた曽根は十二月初旬、社会部の万城目に連絡することを思い立った。

土曜日の午後に羽田分室に電話を入れると、彼が出て「たまたまここに来てましてね。溜まった新聞の切り抜きを少しね」と言いながら、京浜線蒲田駅の近くの飲み屋を面会場所に指定した。

万城目は相変わらず血走った目をしながら、眉の間に皺を寄せた顔つきで、その店に姿をあらわした。

社会部内に大韓機事件の専従班はすでにない。万城目は日々の警察関連の事件を追いながら、折を見ては羽田空港にも通う。「でも、頭の中にはKAL007便が飛び続けていますよ」と言った。何人もの記者がそれぞれの視点から、大韓機事件の取材と推理を続けているという。

「研修期間だったとはいえ、曽根さんも終生、この事件から抜けられなくなりましたね」

「そんな大袈裟な気持ちはないな。ただ、納得できない思いがおさまらない」

「事件の取材なんて、いつもそんなものです」

万城目はそう言いながら、勢いよくビールのコップを干した。そして、突進派の記者のくせに不思議なことを言った。

「事件の筋はともかく、取材の方法にも納得できない。実に多くの人を傷つけている。好きで入った道なのに、時々、嫌になりますね」

ボサボサの髪の毛をかき上げながら、弱気な態度だった。いつもこんなことを考えながら、ひとりで飲んでいるのだろうか。「納得できない」という同じ言葉でも、彼と自分の間では何か意味合いが違うものを感じながら、曽根は万城目のその角張った顎を横から見つめた。

「ＩＣＡＯが最終報告をまとめて関係三十三か国に配布したそうです。日本政府は、その原文を公表していませんが、ニューヨーク・タイムズがその内容を報じました。ソ連の主張するスパイ説は根拠なし、との結論です。つまり航法装置へのインプットミスによる航路離脱……。遺族としては納得できるはずがないですよ」

その記事は曽根も読んでいた。「あなたは遺族たちの感想を聞いたんですか」と万城目に質問した。

「仕事ですから、何人かに電話でね。嫌な取材だったな」と彼は答えた。

ＩＣＡＯ報告を受ける形で、数日後にＫＡＬ社のトップが東京に来て遺族会との話し合いを持つという。すでに社側は一人当たり七・五万ドルという国際的な補償基準を提示していた。「重大な過失を認めよ」と、社側の責任を問う遺族会との間で、その交渉がまとまるはずもなかった。

「曽根さんも報道関係者ですから、その気があるなら来てもいいですよ。ウチの社からは三人出席すると遺族会に伝えておきます」

曽根は、自分の中にある、やり場のない気持ちのためにも、また遺族の人々への今後の支援のためにも会場に行ってみたいと考えた。

品川区のホテルで開かれた「大韓航空007便遺族補償会議」には、開会の三十分ほど前から多くの報道関係者が詰めていた。遺族会の代表者が、顔を曇らせながら小声で取材に答える姿が見られた。

突然、動きの荒々しいテレビカメラのクルーが会場に入ってきた。服装が粗雑であり、テレビ局の名が入った派手な腕章をしている。彼らは遺族会の人々の誰彼となく強いライトで照らし、カメラを回す。鼻の横に大きなほくろのある大柄な男がマイクを握り、自分自身の姿を中心にしたカメラアングルの中で、大韓航空機スパイ説について軽薄な見解を述べ始めた。

曽根の目にも、彼らは取材のマナーを逸脱しているように見えた。テレビ局の芸能ニュースやワイドショー番組で人気を呼んでいるレポーターと呼ばれる職種の人々だった。

遺族会の代表と新聞記者の数人が、そのクルーに近づき、ライトを使用する撮影は開会後五分間までに限らせてほしい旨を伝えている。

「何言っているんだよ、報道の自由じゃないか」

ほくろの男が凄みを効かせたような声で言い放つのが、会場の後方の隅の座席にいる曽根の耳にも届いた。

愚かな言い争いが遺族会の人々の目の前で行われている。ほくろの男は自信たっぷりに場慣れした様子で「取材の機会は平等にしてくれよ。あんたたちに指図される覚えはないんだ」などと毒づいている。

「それは違います。何を報じるかはメディアの自由ですが、取材の方法は会議の進行を妨げないように配慮すべきです」

やや興奮を抑えた調子で言う万城目の姿が見えた。

ほくろの男は「あんた方、どこの社だ」と不平そうな顔で言い、記者たちが名乗ると、自分の姓だけを告げ、「社長のアップを忘れるな」とわざとらしくカメラマンに指示した。

補償交渉の開始を大韓航空機の支店長が日本語で告げた。そして、韓国の財閥の総帥の弟にあたるという経営者が口火を切った。遺族への謝罪と自責の言葉は形式的であり、ソ連空軍の非道と航空機事故に対する会社側の誠意が強調された。

一人の男性の遺族が立ち上がって、震えるような声で述べ立てた。

「私たちは補償金の交渉をするために集まったのではない。あなたの口から、事件の真相を聞きたい。まず、重大なる過失が007便にあり、その責任が会社経営者にあることを認めてください」

植民地時代の学校教育で日本語を習得したという経営者は、「聞くことはできるが、話すときは韓国語にします」と断りながら、

「会社側に過失はない。失われた命と財産の補償の要求は、本来ならばソ連政府を相手に行われるべきものだが、国際的な航空運輸のルールにのっとって、航空会社としての誠意を示したい」

という主旨の言葉を吐いた。

激昂する遺族の人々との間に押し問答が続けられ、経営者の冷静な態度をなじるような言葉も飛んだ。

突然、経営者が意味不明の言葉を放ち、顔をゆがめて泣き出したのには遺族の人々も驚かされた。通訳によると、

「このように自分が糾弾されるとは思っていなかった。補償交渉のために私は来ているのに、話し合いになっていない。会社も被害者であり、貴重な乗員の命を失った。韓国にも遺族がいることを忘れないでほしい」という主旨だった。

会場内はひとたび静粛になったが、大学教授だという遺族会の男性が立ち上がり、「亡くなった乗員の方々には哀悼の意を禁じ得ない。しかし、それは正規の飛行航路からの逸脱を強いてき

た会社の経営姿勢による犠牲と言ってもいいだろう。百歩譲って故意とは言うまい。しかし、あなたはまず私たちに謝罪し、社の代表として重大な過失を認めるべきだ」との旨を述べた。そして、議論は再び膠着状態になった。

会議は中断し、ロビーに出た経営者をカメラが執拗に追いかけた。クルーの一人が喫茶室が通路に出しているスタンドを倒し、プラスチックの砕ける音がした。

曽根はそれを複雑な思いで見つめていた。その時、肩が叩かれた。振り向くと、万城目が「やはり来たんですね。会社も遺族も通らなければならない苦しい場面です」と話しかけてきた。

曽根は「彼らの姿勢は問題ですね」と、テレビクルーのことを言った。これに対し、万城目は「テレビを見て喝采する人たちが、ああいうタイプの取材方法を作り出しています。新しい手法なので、まだマナーが確立していない」と言った。万城目が彼らを罵る言葉を発しなかったのは、曽根には意外に思えた。一番腹を立てていながら、それを呑み込んでいるように見えた。

会議は深夜まで続き、遺族会と会社側の応酬の内容はむなしかった。遺族の人々は疲れきった表情を隠さず、ため息が漏れた。

大韓航空の経営者は記者の質問には一切答えず、憤然とした表情で大型の乗用車の後部座席に身を埋め、ホテルを去っていった。会社を代表している以上、遺族に同情はしても過失を認めることはないだろう。彼らは不幸な議論をしていると、曽根は再び思った。

万城目は何人かの遺族と話し込んでいた。その中に、事件発生の日に写真撮影に協力してくれた高井戸の母親がいるのを曽根は見つけ、近寄って挨拶した。「その節は……」と言いながら会釈する母親の憔悴した顔を、正面から見るのが、何ともつらかった。

遺族会の人々の多くが都内のホテルに泊まっており、明日も朝から会合を開き、訴訟の方法などを話し合うという。間もなく電車が最終になりそうだと心配する高井戸の母親と、日本に滞在中に小学六年生の男子を失ったという韓国人の母親の二人を、新聞社の車で自宅まで送っていくことになった。万城目ら三人を後部に乗せ、曽根は助手席に座った。霙がフロントガラスを打っていた。

二人の母親は疲れ切っていて、何も話したくないという様子だった。万城目は、大韓航空側が個々の家族に対して、手紙や電話でどのような申し出を行っているのかを質問した。経営者の同情の言葉とは裏腹に、個々の家族への誠意ある働きかけはなかったらしい。

「あのカメラの方たちは、どのような人なのでしょうか」と、韓国人の母親が話題を変えるようにして言った。

万城目は「テレビ局から発注された企画会社の人たちです。ふだんは芸能界のゴシップなどを追いかけています」と答えた。

「テレビに取り上げてくださるのはいいのですが、私たちがどのような気持ちでいるのかは理解されていないようでした」

「そうですね」

「あの人の番組、以前に見たことがあります」と、高井戸の母親が言った。

「視聴率は高いようです。ルールを無視した取材方法なので、僕らには抵抗感がありますが、それが売り物となって人気があるようです。しかし、遠慮なしに他者の領域に入ってくるという点では、僕らも変わりはないけれど……。彼らもまた撃墜事件にやり場のない怒りを感じ、多くの人に知らせようとしている」

万城目の言葉の中にあった「撃墜」という単語のせいだろうか、後部座席にいる二人の母親が沈黙した。万城目も黙って車の前方を見つめるだけになった。夜の底に向かって白いものが激しく降り注いでいる。窓ガラスに当たって崩れる雪片を観ながら、曽根もずっと黙っていた。

小田急線の梅ヶ丘駅近くで韓国人の母親を降ろし、井の頭線の高井戸駅の方角を目指した。曽根は三か月近く前に同じ道をたどったことを思い出した。

車を降りる寸前に母親が言った言葉が胸に刺さった。

「このまま、私たちは忘れられていくのでしょうか」

万城目は何も答えなかった。軽く母親の左腕に手を添えて、「風邪ひかないようにしてくださ い。僕は別件の取材があって、明日の皆さんの会議には行けません」とだけ言い、深々と礼をしてから車を発進させた。

（四）

曽根一郎はユジノサハリンスクに向かう飛行機のエコノミークラスの座席にいた。窓辺で首を曲げ、下方に広がる海を見ていた。ボーイング737型機を改造したような形のソ連製飛行機は、真北に針路を取っている。眼下の景色は離陸後すぐに薄い闇に覆われた。

隣の席の長岡は無駄口をきかずに目をつぶっていた。

曽根はスクラップ帳を開いたり閉じたりしながら、過去の中を泳いでいた。古い記事を読み進めるとともに、頭の中でスイッチが入ったように映像が浮かんできた。

事件の核心がほとんど解明されないままだったことが、今さらながらに腹立たしかった。軍事的な機密のヴェールは厚く重かった。と言うよりは、政府の力が意図的に、国民に知らせるべき真実を封殺したように思えた。そのことにジャーナリズムは無力であり、国民も無理に納得させられた。その一人である自分がそれを改めて噛みしめていることに悔しさが募った。

——自分はいつまでこの作業を続ければ気が済むのだろうか。このままでは海外旅行の気分を台無しにする恐れがある。いや、自分自身にこれを問うために出かけてきたサハリン旅行である。この作業を止めてはならない。

曽根はそのように自問自答した。

——一体、われわれは何を知ることができたと言えるのか。軍事機密の壁の前で黙らされていることに、いつまでじっと我慢していなければならないのか。

眼下には暗い海があり、すでに北海道を抜けてオホーツク海の上空まで自分たちが来ていることが推測された。機内のアナウンスは何も解説してくれない。

曽根は楕円形の二重窓に顔を擦り寄せ、おのれの胸の中のつぶやきを愚かしく聞くだけだった。

ユジノサハリンスクの空港に降り立ったのは、午後五時を過ぎていた。日本とロシアを隔てる宗谷海峡は僅か四十二キロだが、何千キロも離れた外国に来たような感じがした。

気温はマイナス五度。いったん積もった雪が溶け、路面は凍結して滑りやすく、あちこちにシャーベット状の水溜りができていた。一行の中から「この靴ではだめだ。長靴を買おう」という声が漏れた。

サハリンは南北に約九百五十キロの細長い島だが、北海道とほぼ同じくらいの面積がある。東西の最も狭いところは約二十六キロ。曽根はガイドブックで得たにわか仕込みの情報を話題にしたかったが、長岡は反応しなかった。飛行機に乗り込む前まで快活だった彼が、妙に黙りこくっていることが気になった。

迎えの小型バスが来て、ロシア人の女性ガイドが乗り込み、要領のいい自己紹介をした。

「猛烈な寒気を伴ったサイクロンが接近しています」

なかなかの日本語で、予定されていた機関車の旅は吹雪の影響で断念せざるを得ない、と日程変更に関する説明をし始めた。

「そいつは困るよ。せめて駅の雰囲気だけでも見せてください」

旅のペンクラブのリーダー格の男が声を上げた。隣の席の長岡がせっついている。「駅を見るだけは、できます」と、ガイドはにこやかに応じて、バスの運転手に鉄道の駅に向かうように指示した。

市の中心街の東端にある駅は、鉄道便の不通区間を確認する人であふれていた。構内の撮影は厳禁だ。軍服に似た制服姿の女性監視員がヤポンスキー（ロシア語で「日本人」の意）の一行に鋭い視線を投げかけている。喫茶と食事、雑誌類や土産物を売る店が並び、ロシア正教のイコンのミニチュアを何種類も売っているのが興味深かった。

駅に隣接する広場は、鉄道客車の歴史を伝える野外博物館になっている。その一角にD51機関車が展示されていた。戦後賠償の一環として日本で製造・提供された二十数台のうちの一台だという。かつては樺太鉄道と呼ばれ、日本の技術者が計八百キロ余にわたって建設した鉄道の上を蒸気機関車が行き交った。

「サハリンは良質な石炭を産出するので、SL君も走り甲斐があったことだろうぜ」と長岡が言った。空港でトドは手を振っていなかったが、趣味のSLが見られたことで、彼の気持ちは高揚しているようだった。

ガイドの解説によれば、サハリンは今、日本のエネルギー産業から注視されているという。地下に眠る資源のほかに、周辺地域から天然ガスを日本に運ぶパイプラインの基地としてもポテンシャルが高まっている。日本の商社マンやエンジニアが町に活気を与え、先ごろ進出した北海道庁の出先機関は、日本からの農産物の輸出拡大を目指しているらしい。

一行はスキー場に近い「サンタ・リゾート」というホテルに入った。接客係の対応から、日本人の客が珍しくない様子がうかがえた。

その晩、ホテルのバーでウォッカを頼んだ。長岡は覚えたばかりのロシア語のあれこれを試していた。曽根はグラスの底を見つめながら古い記憶に耽溺していた。長岡もそれを察したのか、軽口を叩かない。自分に対する気遣いかと曽根は思ったのだが、そうでもないようだった。

二人は黙々と飲み、バーテンがラストオーダーを告げてから、長岡が改まった顔つきで話し始めた。

戦前から戦中にかけて、彼の父の兄は鉄道技師として樺太鉄道会社に勤務していたという。そして、終戦後も北海道に戻ることはなく、ソ連領内に抑留され、シベリアの小村で死亡したという。

曽根は驚きながら彼の話を聴いた。昭和二十年八月十五日以降、サハリンでは戦闘が行われたことを聞き知っていた。サハリンにいた日本人の戦いは、終戦の日から始まった。長岡の伯父は四十歳になるかならないかの年頃だったらしい。南下するソ連軍と対峙した日本守備隊と行動を共にし、戦闘に巻き込まれた。

彼の伯父は、ユジノサハリンスクの西の丘陵地帯で五百人以上の日本兵が戦死したのを見届けた。その後の数か月間は在留の民間人として生活していたが、ソ連側の情勢を探っていた容疑で逮捕され、シベリアに送られたという。

彼が持ってきた本によれば、日本軍の戦死・行方不明者は二千七百人、民間人は三千七百人死亡した。抑留されシベリアなどに連行された者は一万八千三百人に上った。

当時、南樺太には新聞社の通信部があり、各社合わせて十数人の記者が活動していたらしい。彼ら全員がスパイ容疑で逮捕され、抑留と労働を強いられた。その多くは亡くなり、数人のみが昭和二十五年頃に本土に帰還したが、そのうちの一人が長岡の祖父に手紙をくれて伯父の消息を伝えたのだった。

写真撮影の興味だけでなく、長岡には特別にサハリンに拘る理由があったのだ。彼が機内で黙りこんだ理由も頷けた。曽根はグラスにウォッカを残したまま、ホテルの自室に引き揚げた。あれこれ思いが飛び散り、眠れなかった。

翌日は朝から女性ガイドに案内されて町の中を歩いた。「エリーナと呼んでください」と自ら言う彼女は、四十代の半ばに見えた。薄い茶色の長い髪を束ねており、横顔がルノワールの絵のように健康そうだった。

「最初に言っておくことは、私は戦争の時の話はしません。日本人とロシア人は歴史についての考え方が違います。お互いに不愉快にならないように心がけましょう」

彼女の巧みな日本語は曽根に強い印象を与えた。サハリン大学で歴史学を学び、卒業後に州政府の意向で再入学し、日本語の特別教育を受けたという。

ユジノサハリンスクは「サハリンの南にある町」の意味だ。全島五十二万の人口のうち四割までが住み、州庁と共産党の地方本部、二つの大学があった。一九〇三年から四五年までは「豊原」と呼ばれ、日本人が近代的な街並の建設に情熱を傾けた。札幌市街を模して碁盤の目のような道路網が展開し、「レーニン」「チェーホフ」「コミュニスト」「ガガーリン」などソビエト風の名を冠せた大通りや公園、高層ホテルが威圧的な景観をつくっていた。

三センチほど積もり、表面が締まった雪の上を、曽根らは靴の音をきしませながら歩いた。日本で見るよりもたくましく見える鳩と雀が群れをつくっているのを見た。広場や博物館などの公共施設では、雪掻きの作業が徹底して行われていた。その働き手の中には東洋の顔が混じっており、オロッコやギリヤークなどツングース系の土着民の人々かもしれない、と曽根は思った。

日本人の墓地の中を歩いた時、曽根は「もしかして、ここには撃墜された大韓航空機007便の犠牲者らも埋葬されているのではないか」と、ふと思った。

それをエリーナに問うと、その応答は実に意外なものだった。

ペレストロイカが始まる前の一九八〇年代前半に、韓国の民間機が針路を誤ってサハリン上空に到達したことがあった、と彼女は言った。その飛行機はサハリン南部の海上に不時着したが、ソ連海軍の救難活動により乗客乗員の〝ほぼ〟全員が救出され、ソウルに送り届けられたのだという。

「〝ほぼ〟とは、どういう意味ですか」と曽根は聞いた。

「中には韓国に帰るのを好まずに、ソ連に残りたいと言う人がいたそうです」と彼女は言った。その表情は真剣であり、彼女が事実と信じていることを述べている様子だった。

「あの韓国の飛行機に日本人も乗っていたのですか。それは知りませんでした」

ソ連軍のミサイル攻撃によって、民間機の搭乗員と乗客の全員、計二百六十九人が死亡したのだ。大学で現代史を学び日本との交流に一役買っている彼女が、その事実を知らないはずはないだろう。

曽根は訝った。が、それ以上の大韓機撃墜事件の説明には意味がない、とも思った。各国の政治事情の相違によって、歴史事実の記録や解釈は一つではない。それをこの場でとやかく言っても仕方ないのだ。

しかし、エリーナは逆に興味をそそられたようだった。

「私が知らないことも沢山ある。家に帰ってから調べてみます。事務所の人にも聞いてみましょう」

彼女は実に誠実そうな顔つきでそう言い、その会話を切った。

曽根はホテルの自室に戻り、博物館で買ったロシア語の書籍を開いた。写真や地図の中には漢字の地名や人名も混じっている。戦前の樺太の街の様子や少数民族の衣装の紹介は、写真を眺めるだけでも興味深かった。

窓外には植栽の乏しい庭が見えており、粒の大きな雪が降り積もっていく。頁をめくっているうちに旅人の気分になり、現地の酒が飲みたくなった。部屋付きの冷蔵庫のサイドポケットをさぐると、「タイガ」という名のラベルが付いた透明の小瓶が見つかった。ウォッカである。氷に注いでグッと飲むと、妙に落ち着いた気分になった。

「やめようかな」と一瞬思ったが、曽根はやはり黄ばんだスクラップ帳を手に取っていた。開けたところに万城目謙の署名入りのコラム記事が出てきた。グラスを持ったまま、曽根は一行ずつ確認するようにして読み進めた。

それは一九八三年の暮れに社会面に掲載された「青色でんわワイド版」と称する、回顧記事シリーズの中の一つだった。タイトルは「サハリンの海に叫ぶ」。大韓機007便の乗客遺族の一人の母親の姿を追い続け、取材ノートから抜き書きする体裁を取っていた。事件後、遺体の確認も許されず、遺品も取得できないままに、事実の解明を求め続けざるを得ない遺族たちの絶望的な日々――。その様子が描かれていた。名前は伏せてあるが、登場する母親が高井戸のYさんであることは明らかだった。

その母親が冬の稚内からチャーター船で出港し、ソ連領海に近い地点で海水を汲み、持ち帰った水を自宅の庭に撒く――という記述があり、その部分を読んだ時、曽根の瞼の奥に熱いものが込み上げた。

Yさんは三人の男子を育てた。撃墜された大韓機に搭乗していたのは十八歳の次男だった。外語専門学校の一年生として、夏休みを過ごすために渡米した。アルバイトして金を貯め、家族がびっくりするほどに大量の辞書や教科書をバッグに詰め、張り切って家を出たという。ナイヤガラ大滝の絵葉書が、母親への最後の通信になった。

曽根は記憶をたぐった。その万城目の署名入り記事を読んだ直後に、Yさんに手紙を書いたことを思い出した。自分が研修中に大韓機の遭難事件を担当し、発生の直後にYさん宅を訪ねる巡り合わせになったこと、航空会社との補償交渉を傍聴し、帰途の車に同乗したことなどを書いた。そして、遺族の希望である事件の原因解明が少しでも前進することを祈念する、と結んだ記憶がある。

Yさんからは返書があった。それは封筒ごとスクラップ帳にセロテープで貼りつけられていた。曽根は震える手でそれを開いた。

手紙には次男が東京オリンピックの年に生まれたこと、母子手帳に記された体重や身長のことが書かれていた。次男の部屋はそのままにされ、フットボールの球が無造作に置かれている。いつ次男が帰宅しても再びすぐに日常が始まることを願っている――という内容だった。

だが、その一方では撃墜という現実の出来事を見据え、遺族として行動する決意が書かれていた。事件の事実解明と遺品の拾得のために、どうしてもサハリンに行かねばならないと焦る思いが、切々と語られていた。十一月に稚内から乗船し、汲み上げて持ち帰った海水は、庭に撒いただけではなくて少量を料理に混ぜ、自らの体の中に摂り入れたことも書かれていた。そして、「私たちのことを忘れてほしくはない」という言葉で締めくくられていた。

曽根はその後、Yさんに再度の手紙を出した。それは遺族会の努力への声援だった。加えて、自分に長男が生まれたことの感慨を記した。Yさんからは誕生を祝福する便りをもらった覚えがあるが、その後は文通も途絶えた。

このスクラップ帳にはYさんに関するもう一つの記事があった。Yさんがソ連の大統領に手紙を出し続けていることが報じられていた。そして、たぶんYさんから曽根に宛てた手紙に同封されていたと思われる資料が挟み込まれていた。それは便せんに縦書きの文面のコピーであり、曽根はそれを開き、声に出して一字一句を読んだ。

アンドロポフソ連中央委員会書記長様。突然お手紙を差し上げます失礼をお許しくださいませ。お体の具合が悪いと伺っておりますが如何でございますか、お見舞い申し上げます。

手紙はこのように書き出されていた。記事には写真もついており、縦書きの便せんに書いた肉筆の冒頭部分の小さな文字を追うことができた。

息子を含む二百六十九名の人達はどこへ消えてしまったのでしょうか、サハリンの何処かで生きているのではないでしょうか。本当に海に沈んでしまったのでしょうか。遺体も遺品もなく、生きているのか死んでしまったのか、それすら心に決めかね、私たち遺族は息子を娘を夫を妻を待ち続けています。

手紙の字面から、あふれだす怒りを必死に抑えようとする感情が伝わってくる。曽根は三十数年前、校正担当の机上でこれを読んだ時の心の動揺が、いま再びよみがえるのを覚えた。

息子は沢山の土産と土産話を持ち、喜びに満ちてあの007便に乗りました。それが撃墜されるとは、全く信じられないことです。許されることではありません。アンドロポフ様、息子達はどこへ行ったのか、何処にいるのかどうか教えてくださいませ。

生きているのならどんな遠い所でも迎えに行きます。私の命と引換えにもいたします。もし本当に海に落ちたのならどうぞ遺体と遺品を返してくださいませ。もう一度息子を抱きしめてやりたい。たとえどのような姿になっていても。そして日本の土に眠らせてやりとうございます。

どうぞ真実をお知らせくださいませ。息子の最期を確かめるまでは、私は死んでも死に切れません。どうぞ母親の心をお汲みくださいますよう、アンドロポフ様のお人を信じてお願い致します。

それはいかなる新聞記事よりも直接的に読む者の胸を打つ言葉だった。事件の当事者ならではの絞り出すような声が届いてくる。曽根は喉の奥から熱いものが噴き出すのをこらえた。これを読んだ当時、自分も何かをしなければならないと思った。しかし、何をすべきか分からなかった。その焦燥にも似たもどかしさが反芻された。

スクラップ帳の日付は大きく飛び、衆議院に設置された特別委員会の記録のコピーが出てきた。新聞記事にならなかったのか、それとも切り抜きをしなかったのか、国会の議事録や質問趣意書の写しは日付が順不同だった。

スクラップ帳の所有者である曽根自身が、どこで入手したものなのか記憶になかったが、B5判の雑誌の頁を切り取ったものが貼ってあった。

それは防衛問題の論客として知られた国会議員のIが、文芸専門誌の一九八四年八月号に書いた二千字余りのエッセーだった。曽根は読み返してみて、どうしてこれを自分が保存しておいたのかが理解できた。

曽根は当時、KAL007便のコックピットからの最後の通信記録の中に、民間機撃墜に至る謎の核心が潜んでいるはずだと考えていたが、Iの文章はまさにそのことに触れていた。

表題は「流砂の世紀に——情報の虚構」だった。小説家でもあるIらしく、その文章には世間の無知に対する優越感があふれていた。

――ＫＡＬ機撃墜事件は謎に満ちている。といえばいえるかもしれないが、国際政略がらみの、異常とされる出来事の虚構のいくつかのパターンを、雲形定規のようにいちいちあてはめれば、複雑怪奇と思われている事件も、充分に微分も積分もされてくる。

そのエッセーはこのような気取った書き出しだった。正体不明機による領空侵犯の可能性をソ連側が認識してから、スクランブル－警告－撃墜に至る無線連絡の一切を、米軍基地が傍受していたことを指摘し、そのうえで同じ時間帯に米空軍の戦略偵察機ＲＣ１３５が、カムチャツカ半島東岸の空域を奇妙な8の字形を描いて偵察飛行していたこと。大韓機のボーイング７４７の侵入が、米軍側情報当局との秘密連携を匂わせ、ソ連側を混乱させたことを伝えていた。

被弾後の九月一日三時二十七分、大韓機が管制塔を呼び出して一方的な交信報告を行った。これについて、軍事問題通として独自の情報ルートを駆使し、謎の交信の意味を断定した、とＩは書いていた。ここが核心部分である。

――その録音は防衛庁と運輸省によって、日本警察科学研究所、並びにその系列の研究所に分析が依頼され、雑音をブラッシュオフしたレコードは、パイロットが、「コンピューター・オール・エンジンズ、スピードディプレッション」そして「010デルタ」という言葉を絶叫していることを確認した。

――この最後の「010デルタ」は、まったく意味不明であったが、後に、ある筋によって、韓国民間機のコックピットとアメリカのある機関との間にとり交わされた暗号であることだけが判明した。

――一体どこの国の民間機が、他国の特殊な機関（それが諜報に関わるものであることは想像を待つまい）と独自の暗号を契約することがあるだろうか。この、CIAも認めたアメリカのある機関とKALが交わした「010デルタ」なる暗号の存在が証するものは、防衛上、アメリカに負うところ多大な韓国が、アメリカ側のある種の要請を受けざるを得なかったということである。


つまり、大韓航空機007便はアメリカ側の秘密要請によってソ連の防空体制に対する諜報活動を行っていたのであり、それが撃墜される原因だったというのだ。それを裏付ける証拠として、被弾後のコックピットから「ある機関」への暗号連絡が行われたことが強調されていた。

しかし、筆者のIは「ある機関」の名称と所在を明らかにすることなく、また問題の「010

デルタ」の意味も説明することなく、文章を閉じていた。「充分に微分も積分もされてくる」と言いながら、推論を上塗りしただけだった。

その年の八月三十一日、遺族会は撃墜事件一周年の追悼式を稚内で行い、一年後の式典の日に「祈りの塔」を建設することを決めた。

国会での質問も途絶えた同年十月下旬、「大韓航空機事件の真相を究明する会」の設立総会が霞が関の憲政記念会館で開催された。曽根はその記事も切り抜いた。

結束を誓い合った遺族会の人々の間にも様々な見解が交錯した。大韓航空を相手取る訴訟に対しては一枚岩ではなかった。十二月に犠牲者七人の遺族が損害賠償を求めて東京地裁に提訴し、大きな扱いで報道された。翌一九八五年の一月には、日本人十九遺族が米国の裁判所に米国政府と大韓航空を訴えた。

その後、参議院議員らが資料請求した事件当日の防衛庁傍受の交信記録やレーダー記録が、徐々に予算委員会の場で明らかにされた。しかし新たに分かったことは、サハリン上空でのKAL007便の高度と速度が同機が管制部に報告していたものとは大きく異なり、最大で四千フィートも下を飛行しており、さらに管制部への報告なしに何度も下降と上昇を繰り返していたことだった。それはソ連側が主張してきた「計画的な領空侵犯」を類推させる根拠ともなっていた。

支えられる生命

（彫刻：村上勝美）

スクラップ帳の最後の頁の日付は一九八六年の五月八日で、ワシントン発の記事が貼ってあった。それは連邦地裁が訴訟を却下したことを伝えるものだった。米国の管制官が、航路を大幅に逸脱した007便に対する警告を怠ったために、米国政府にも責任がある——とする遺族側の主張は、「根拠がない」ものとして退けられたのだった。

それらの事実経過は、暗闇の彼方から押し寄せる波濤のように、曖昧な重力を増しながら曽根に迫ってきた。彼は膝の上に広げていた厚手のスクラップ帳を閉じ、外の景色を眺めやった。カーテン越しにのぞく庭は、すっぽりと雪に覆われている。それはひどく湿っている感じで、いかにも重そうに広がっている。曽根は単身赴任していた山形の冬景色を思い起こした。

（五）

大韓機の撃墜事件から十五年が経っていた。

万城目が前触れもなく曽根の職場を訪ねてきたのは、曽根の単身赴任生活が二年近くに及ぼうとする二月中旬のことだった。その日も山形市内は雪に覆われていた。事件をきっかけに細く長い友情を維持してきた二人にとって、それはエピローグともいえるような邂逅だった。

その頃、曽根は校閲担当の幹部の職に就く年齢に達していた。他部門の業務に理解を深めておくための人事で、地方支局に赴任させられた。一応は記者職ではあるが、会社が主催する街の美化コンクール、音楽祭、書道展などの文化事業の運営と、それらを広告や販売と連携させる収益業務を割り当てられていた。

土地勘も知人もないままに住むことになった山形盆地は、気候の変化がはげしく、曽根にとっては驚くことが多かった。とりわけ冬の積雪は、市民の生活を大いに混乱させ、人々の会話に重苦しさを与えた。

曽根はしばしば最上川の右岸の空港に通った。その滑走路は二千メートルあり、自衛隊と共用されていた。消防や警察のヘリが災害、事故のたびに離発着するので、新聞記者には欠くことのできぬ取材スポットだった。山形県の全域が大雪に閉ざされる時期には、外部世界とつながる唯一の窓口になることもあった。

離着陸する飛行機を眺めていると、大韓機007便の撃墜事件を思い出した。しかし、事件発生の直後に自覚した使命感は過去のものである。地方記者の自分には何もできなかった。何かをしようとも思わなかった。事件を追跡する意欲は、すでに曽根の中から失われていた。

万城目や遺族のYさん、その記憶へと自分を駆り立てることも意識的に避けていた。事件の記憶を呼び起こすたびに一抹の後ろめたさを感じたが、今を生きるのに精一杯なのだと自分に言い聞かせるのだった。

万城目は山形駅の公衆電話から七日町の支局に電話を入れ、曽根が勤務していることを確かめてから、雪の中を歩いてきた。机に向かっている曽根の顔を見てニヤリとしながら、万城目は「よろしければ昼飯でもつきあってくださいませんか」と、いかにも彼らしい丁寧な口調で言った。

その時、彼は新聞社を辞めて国の研究所に移籍する直前であると告げた。退職を目前にした忙しい時間をやりくりし、彼が山形まで別れを告げに来てくれたことに、曽根は感激した。

「久しぶりだね。何を堅苦しいこと言っている。今日は泊まるんだろ」

曽根はすぐに当日休暇の手続きを取り、支局の電話から上山（かみのやま）温泉の老舗旅館の宿泊を手配した。車の助手席に遠来の客を乗せて降雪の中を走った。

木造の建物と名物の鯉のコース料理が万城目を喜ばせた。窓ガラスの向こう側が歪んで見える古びた旅館の一室は、いくら灯油を焚いても冷えが忍び寄ってきた。二人は褞袍（どてら）を着こみ、電気炬燵の中で胡坐を組んだ。

「実は新聞記者であることに、自分自身のモラルが低下してきましてね……」

万城目はこちらが尋ねもしないのに、自分が新聞社を辞める理由について語り始めた。降りしきる雪を見つめながら語る彼は、曽根の顔を正視しなかった。

「事実の経過や、方向性を読者に示していくのが私たちの仕事ですけど……。作られた批判的なスタンスの中にいつも安住することに、居心地が悪くなりましてね」

彼の言葉は自意識に飾られ過ぎているようだった。言っている意味は薄々見当がついたが、「学生のような青臭いことを言っている」と思いながら、曽根は黙って聞いてやることにした。

万城目は大韓機撃墜事件の後、社会部の第一線の記者として目まぐるしく持ち場を変えたという。様々な事件事故や政変を現場で取材し、中東での戦争や国連の条約交渉なども担当し、世界各地を飛び回った。そのような新聞記者としての経験を買われ、政策研究をする公的機関に招かれたらしい。

「権力の側にすり寄っていく感じを否定できないのですが……」と言いながらも、万城目は面白い仕事を得たという期待感に胸を膨らませている様子に見えた。当面の目標は、その研究機関の幹部にふさわしく振る舞うために、博士の学位を取るべく社会科学の論文を書くつもりだという。

彼自身が認めるように、万城目はサラリーマンとしては到底栄達を期待できそうにないタイプである。曽根が思うに、彼は細かいことで自分自身を見つめ過ぎるのだ。自分が拘泥することを大胆に切り捨てる処世術を身につけなければ、どこへ行っても同じ悩みに突き当たることだろう。

曽根はそのように考えながら、頭髪が薄くなり十数キロは目方を増やしたと思われる万城目の昼の動きを見守った。あの大韓機撃墜事件の頃の溌剌とした記者の姿は失われている。曽根は自分までが大事な何かをなくしたように感じた。

「例の撃墜事件なんですが、後日談というか、実はずっと曽根さんにだけは話しておきたかったエピソードがあるんですよ」

そう言って、万城目は少し引きつったような笑顔を見せた。

「関係者の名は、みんな明かせないのですが……」と前置きしながら、意識して抑えたような声で語り始めた。その内容は、曽根にはいささかの驚きを伴うものだった。

ソ連軍による撃墜事件から四年後の一九八七年十一月、バグダッド発ソウル行きの大韓航空機が、インド洋上空で日本人を装った北朝鮮工作員によって爆破される事件が起き、乗客乗員百十五人全員が死亡した。犯人の二人組は直前の経由地アブダビで降り、バーレーンの空港で自殺を図ったが、女は生存して身柄を拘束された。

この飛行機も007便と呼ばれていたため、一九八三年九月の撃墜事件の記録を蒸し返す解説記事も多く見かけられた。しかし、それも束の間のことであり、爆破事件の主犯の取調べや韓国への亡命が新たな話題となった。四年前の撃墜事件に対する世間の関心は薄らぎ、波が引いてゆくように人々の記憶から消えていった。

その頃、中部地方に住むある遺族の元に、根室市に住むXという男の妻から電話連絡が入った。Xは電器商を営む者で、北方領土の国後(くなしり)や択捉にレポ船と呼ばれる違法な交通手段で往来している。電気製品をロシア人に闇で販売する一方で、水産加工品などを日本に持ち帰ることを隠れた生業にしている、という触れ込みだった。

Xの妻と名乗る女は、夫のレポ船のネットワークで知り合ったサハリン在住のアジア系ロシア人から、ある情報をつかんだことを告げた。それは、撃墜された大韓機007便の遭難者の中に生存者がおり、公的な機関には完全に秘密にした状態で、モネロン島において住民と共に生活している——という信じられない話だった。

「なぜ私にだけ、そのような重要な情報を提供するのか。外務省やマスコミに知らせれば、直ちに調査をしてくれるはずだ。あなたの目的は何か」

遺族の男性は、このようにXの妻を問い質したらしい。怪しげな申し出に対する当然の警戒心であった。

それに対する説明は良くできていた。もし、この話が露見した場合、ソ連の秘密警察がモネロン島に出向き、隠れ住む遭難者を抹殺するだけでなく、密かに支援してきた人々に対して厳罰をくだすことになるだろう。「あなたに対する、やむにやまれぬ同情心から、私は夫の制止を振り切って電話をしたのだ」と、Xの妻は言った。

生存者の風体を質すと、「二十歳台と思われる、体格の良い若者である」という答えだった。黄色のジャンパーに青いジーパン姿であり、夜間に限ってモネロン島のアジア系漁師が町に連れ出すのを、時折、見かける人がいる。その若者は記憶を失っているが、片言のようなつぶやきから、日本人に違いないと噂されているという。

「詳しくは手紙でお知らせします」と言い残して、女は電話を切った。

そして、数日後に厚手の封書が遺族宅に届いた。ボールペン書きの楷書で、文面はていねいであり、最後の一枚の便箋は男の筆跡で「私は書くことが苦手だが、妻の書いたことは私が見聞きしたことをありのままに写している」旨が記されていた。

四十代後半の遺族の夫婦にとって、Xから届いた手紙はあまりにも驚くべき内容だった。手紙によれば、撃墜事件のあった一九八三年九月一日の翌日の朝、モネロン島の浜辺に打ち上げられた機体の破片や座席シートのがれきの中から何人かの乗客が瀕死の状態で救出された。その中の一人の若者は、着衣の特徴が行方不明になった息子と似ていた。背丈や右肩が盛りあがった特徴も野球選手だった息子にそっくりである。「嘘に決まっている」と思いながらも、遺族の父親は手紙の内容に引き込まれた。その妻は「間違いなく息子の特徴である」と、泣きながら断言した。手紙によると、若者は腕に大けがをして意識を失っていたが、島の漁師宅で蘇生した。出血は止まったが、右腕は曲がったまま動かない。そして、自分が誰でありなぜここにいるのかを、何か月たっても解さなかった。彼はそのままの状態で漁師の家の家族となり、すでに四年の歳月が流れているという。「頭の良い青年であり、ロシア語を多少話せるまで覚えている」と書かれていた。

手紙にはモネロン島の置かれた政治的な状況も説明されていた。島には軍事施設があり、強権的なソ連政府のやり口に反発を感じている者が多い。大韓機の撃墜当時の話を集めると、地元の漁師や港湾関係者によって漂流中に救出された乗客が十数人いたが、傷の手当てが終わり次第、ソ連軍によってどこかへ連れ去られたという。しかし、政府と軍の方針に反発する地域では、人々が口裏を合わせて負傷者をかくまい続け、島民の生活の中に溶け込ませているという。

遺族の父親は、この手紙の内容をただちに信じたわけではなかった。そのようなことがあるはずがない。しかし、百万分の一の確率で、そのような事故後の記憶喪失者があらわれないとも言い切れない。そう考えたらしい。一方、妻はこの手紙の内容に歓喜し、「たとえ騙されてもいいから、Xに活動資金を送ってほしい」と、母親としての哀切な望みを夫に託した。

「それ以外に選択肢はなかった。どんなに細い糸でもいいから、息子が生きている可能性にすがりたかった。女房は元気を出しましたよ。私は元々信じてはいなかったが、うまく騙してくれるなら、騙されたかったのです」

万城目が面会した父親はそのように語ったという。Xの妻からの最初のコンタクトがあってから、すでに一年半が経過しており、父親が送金した額は百万円を超えていた。万城目はこの時、米国における損害賠償訴訟への取り組みを聞くために、その父親を訪ねていた。その取材が終わってから、最寄りの駅までの道すがら、父親は「一杯付き合ってくださいませんか」と万城目を誘い、「聞くだけ聞いてもらえますか」と言ってから、この話を始めたという。

「飛行機の遭難事故をネタに遺族を騙しているという話ですよね。憎むべき詐欺事件なんじゃないのですか。警察に言うべきでしょう」

曽根は、何か義憤のようなものすら湧くのを感じながら言った。しかし、万城目の口調は冷ややかだった。

「いや、僕も当初はひどい話だと思いましたよ。でも、書くことはできなかった。第一に父親が、これは書かないでくれって何度も言うんですよ」

「いや、書いてほしいから記者に話したのではないかな。犯人は遺族の一人から金を吸い取り尽くしたら、次の遺族へ回る。そうやって被害者が増えていくのを見過ごすことはできない」

「書くべきか、ネグるべきか。その判断に最後まで迷わなかったわけではないのです。しかし、遺族の両親としては被害者だという認識がない。親切な人であるとすら思って感謝している」

「人が騙されるケースは、そういうものでしょう。明らかに被害を受けている」

遺体の確認もできない。遺品すらない。そんな遭難者の家族のいたたまれない状況を弄ぶような詐欺犯を許すことはできない。曽根はいま自分がその犯罪を目の当たりにしているような怒りを覚えた。

窓の外では間断なく雪が降っていた。古風な旅館の庭が、白く歪んだ塊の中に埋没したかのように見える。万城目はしばらく黙って硝子戸越しの雪景色を眺めていたが、落ち着いた口調で言った。

「北海道の通信部に連絡して、Xという人物が実在するかどうかを調べることは容易です。しかし、僕はそれ以上、追及できなかったですね。父親自身、自分から話を切りだしておきながら、もうあまり訊かないでくださいと僕に言いました。『女房の気持ちを考えると、Xからの通信を遮断する気にはなれない』と……」

相手の名を伏せ、記者自身の主観を込めて、記事にする方法はあったはずだ。曽根は半ばいらだちを感じていた。

「つまり、父親はお金を払い続けたということですね。やはり、ひどい話だな、これは」

曽根はとげとげしい口調になるのが自分でも分かった。しかし、万城目は平然としていた。

「その後、どれだけのお金と見返りのレポ船情報が往き来したのかは不明です。父親は、事故機が離陸した米国での訴訟の原告団に加わり続けました。死亡したと見られる息子の遺失利益と慰謝料の支払いを求めて。裁判の結果はその後の新聞記事が伝えたとおりです。私は父親に何度か手紙を書きましたが、レポ船のことは訊ねませんでしたね」

「……」

「迷ったときには書く、というのが事件取材の鉄則です。しかし、それは競争相手の報道機関を意識した処世術のようなものです。書けない話はいくらでもある。この時も、書くべきではないという判断でしたね」

「……」

「仮にその記事が出れば、遺族の絶望的な状況に、多くの人が同情することでしょう。大韓航空機撃墜事件が何も解明されないまま闇に葬られようとしていることを改めて読者に訴えるという意味では、僕たちがやり続けなければならないことかもしれない。しかし、書かれた父親の名前をいくら伏せても、メディアからの取材の攻勢は避けられないでしょう。興味本位の追跡番組の餌食になることも考えられる。被害者の夫婦が、世間のさらしものになるようなきっかけを、作るわけにはいきません」

万城目は興奮した様子もなく、淡々と話した。しかし、書かないことを決めるまでは、彼自身が言うほど簡単なプロセスではなかったはずだと、曽根は憶測しながら聞いた。

「しかし、それはペンを執る側の過剰な抑制だと思う。多くの人々の代わりに取材しているのだから、その成果は大胆に書かれるべきだ。たとえ裏付けが不十分であっても、記事のスタイルを検討すれば何とかなる。大韓機事件に悪乗りする偽のレポ船……。悲痛な状況にいる遺族の今を知らせるには格好の素材だ。その記事によって何を考えるかは、読者に任せるべきだったのではないか」

やや言い過ぎかなと一瞬思ったが、曽根はその話が世に伝わらないまま処理されたことが、随分ともどかしかった。このような場合、書くか書かないかの判断を一人の取材記者が決めてよいものだろうか。ニュースの受け手の立場で強い不満を感じた。

この時、意外にも万城目が少し語気を荒らげた。

「読者とは何なのでしょうか。多くの場合は好奇心の代名詞じゃないですか。読者の判断に任せるというのは、一見、ジャーナリズムの建前ではあるようだけど、実は責任逃れではないでしょうか。確かに人々の好奇心は様々な思考や実践の可能性の原点かもしれない。しかし、無理解と偏見でもある。それはしばしば、狂犬のように事件の被害者や遺族に襲いかかる」

曽根はようやく、万城目が何を言いたいのかが分かったような気がした。外界に目を転じると、相変わらず夥しい降雪が、温泉街の静かな闇を埋めている。万城目は持参したウイスキーを茶碗に注ぎ、湯で割ってから口に運んでいた。三間続きの和室の灯りが、渦巻いて躍動する雪を照らしていた。

「この話は曽根さんにしておきたかった。でも、もういいかな」

そう言ってから万城目は奥の部屋に敷いた布団に入った。曽根は炬燵の中で体を伸ばしたまま、硝子戸の向こうの景色を見つめていた。その白濁した闇の彼方から、炎に包まれて海面に落下する飛行機の姿が迫ってくる。それは、これまでに何度も抱いた幻影だった。遺体も遺品も返還されないまま、肉親の安否を問い続ける遺族たち。闇の中でいまだに手探りを続ける彼らを思うと、眠ることができなかった。

翌朝、吹雪は去っていた。万城目は昨夜の沈痛な会話など一切忘れたかのように、目の前の雪景色を見ていた。「こいつはすげえや」と、彼は何度も繰り返した。

階下の部屋に朝食が用意されており、丸い茄子や青菜など漬物の各種が再度、万城目を喜ばせた。山形新幹線の時刻に合わせ、曽根は彼を駅まで送った。ホームのあちこちに雪が高々と積み上げられていた。別れ際の万城目の一言がいまだに忘れられない。

「僕もいつか樺太に行かれるといいんだけどな。できれば、モネロン島にもね」

万城目はそう言い残して「つばさ」の自由席に乗り込んだ。

彼が窓ガラス越しに手を振る姿を見送ってから二十年近い歳月が流れており、再び音信不通となった。彼が実際にサハリンを訪ねたかどうかは分からない。

（六）

サハリン滞在の五日目。曽根一郎は吹雪の中を走るバスに揺られ、ユジノサハリンスクから北へ二十キロ離れたドリンスクに向っていた。ドリンスクは、「谷間の町」という意味である。日本領の時代は「落合」と呼ばれ、大きな製紙工場があった。てんさい大根から糖分を採る工場や、毛皮を加工する業者の事務所が散在していたらしい。

大正十二年に宮沢賢治がこの町を訪れ、教え子の就職の斡旋をしたという話が残っていた。その際、賢治は海岸に出て、砂の中から琥珀の破片を拾い集めたという。さらに、川の水が溜まって湖のようになっている場所で、晩年の作品である『銀河鉄道の夜』の着想を得た。

「私たちは、海岸に着きました」と少し変な抑揚のある日本語で、エリーナがマイクを持たずに言った。その言葉に急かされるように、曽根たちは車内から出て、凍り付いた道路を歩いた。横なぐりの雪と風の中だった。白い闇の向こうに海があるはずだが、唸っているのは、風なのか波なのか判然としなかった。耳を澄ますと、それは確かに海が発する音であった。

曽根は一瞬、吹雪の彼方に果てしない波濤を垣間見たように思った。目が慣れてくると、境界のない灰色の闇のような海面が、眼の前に広がっていることが分かった。曽根はその中に、炎に包まれて落下する飛行機の幻影を見た。破片が顔に突き刺さるような痛さを覚えた。

雪が曽根ら一行の日程の消化を急かせた。海を見たというそのわずかな満足感だけで、ユジノサハリンスクへ引き返すことになった。ペンクラブの人々の旅の目的は、観光資源のリサーチということになっている。新設のホテルを三か所視察し、観光局の企画担当部とのミーティング、デパートの品揃えなどの調査……。旅行作家という触れ込みによって彼らはどこでも歓迎された。

ガイドするエリーナは、北海道の名付け親でもある松浦武四郎の著書を愛読しているという。このことがペンクラブの面々を喜ばせた。さらに、彼女の機敏な調整によって、悪天候の合間を縫って夜汽車に乗ることもできるようになった。これを聞いた一行が、小躍りして喜ぶ姿が、曽根にはおもしろかった。

「樺太の鉄道に揺られながら、この本を読んでみたいと思っていたんだ。その夢がかなうなあ」

リーダー格の男が文庫本の『銀河鉄道の夜』を掲げながら、バスの中で声を上げた。男ばかり八人の一行は、多くの関連書籍を持ってきていた。チェーホフの『サハリン島』、間宮林蔵の『韃靼紀行』などの本がバスの中で回覧された。対岸の沿海州やシベリアに関係するアルセーニエフの『ウスリー紀行』まで混じっていた。

一行が市内のホテルの部屋やレストランを視察する間、曽根は時間を持て余したので、リーダー格の男から宮沢賢治の文庫本を借り、眼鏡をはずして小さな活字を追った。

幼い時に賢治の童話の影絵や紙芝居を楽しんだ記憶があった。自分の子供に作品を奨め、買い与えたこともある。しかし、大人になってから賢治の童話を読むと、気分が悪くなるのを覚えなくもなかった。その空想のアラカルトには魅力を感じないではないが、感情の振幅の激しい病人の話し相手を強いられているような鬱陶しさがあった。

サイクロンが去り、鉄道便の一部が回復したという情報がもたらされたのは夕方だった。曽根たちは駅に駆けつけた。多くの人々が停車場で待たされており、食べ物の売り場は混み合っていた。大きな機械がゆっくり回転し始めるように、この国の社会システムが再稼働し始めた。

駅のあちこちに威圧的な制服に身を包んだ女たちが立って、鋭い視線を利用客らに注いでいる。十両編成の濃褐色の汽車が駅に入ってくる時には、各車両のデッキから半身を乗り出した監視員が、ホームにいる鉄道員と合図を交わしていた。

鉄道の利用客の動静を絶えず把握しておくという考え方が、隅々に行き渡っている。市民の動きを監視する者も、誰かに監視されているような緊張感があった。

そのことを言うと、エリーナは「あの人たちは鉄道と乗客の安全を監視しています。もう一つの理由は、沿海州や千島からサハリンに入ってくる人が多いけれども、みんなが正式な届け出をして移動しているわけではないので……」と、よく分からない答え方をした。

汽車が、ゆっくり加速しながら市街地の外に出ていく。整然とした街が、原野の中に孤立している点であることが分かった。雪に覆われた景色が続くばかりだ。

窓から見える河川には堤防がなかった。鉄道の敷地を示す木の柵もまばらだ。横長の雲が夕焼けに染まっている。その荒涼として平坦な眺めがいかにも寒かった。

ドリンスクまで再び行き、バスが駅舎で一行を迎え、凍った夜道をユジノサハリンスクまで帰ってくるという設定だ。ささやかな体験乗車に興じる日本人の一行に対し、車両ごとに配置された監視員が冷たい視線を送っている。その座席の近くには湯を沸かす施設があり、ここで手持ちの茶葉とカップを使い、茶を飲むことが可能だった。

汽車はきわめて緩やかに走行した。窓外には、白樺やモミ類の木々が雪をかぶった姿で茂っていた。

曽根は四人が向かい合うボックス席を一人で占めて、カメラや地図、飲料ボトルなどを広げていた。そこへ淹れたばかりの紅茶のカップ二つを持った長岡が来て、「どうだい、面白いだろう」と言って座り込んだ。

長岡はサハリンの観光資源に関する資料収集に一息ついて、自分の関心事である終戦直後の日本人の動向について取材を始めたという。理不尽で悲惨な話が数多く残っている。長岡は滞在期間を延長して、南下したソ連軍との戦闘で日本兵約五百人が死亡した戦場を訪ねるという。

「ガイドをしてくれる人がいるのかね」と、曽根は聞いた。

第二次大戦の勝利を記念するモニュメントが多数あるサハリンで、日本兵の活動の跡をたどる旅が歓迎されるとは思えない。しかし、長岡は気にしていない様子だった。

「日本人から見れば、終戦後の戦闘は納得できないが、こっちの人々は侵略者を追い払って旧領土を回復したと考えている。ソ連軍が日本の守備隊を撃破した戦場に、日本人観光客を連れていくのは大歓迎らしいよ」

長岡はそう言った後、「帰りの飛行機便に追加料金が発生するけど、大した額じゃない。付き合わないか」と曽根を誘った。しかし、曽根は「オレは今回はもうイナフかな」と、その提案には乗らなかった。

「そうかもしれないな。どこへ行ってもこう天気が悪いんじゃ、エンジンがかからないよな」

長岡もしつこくは誘わず、二人は黙って薄い闇に覆われていく原野の景色を眺めていた。

メンバーたちを数人の塊ごとに訪ねては、鉄道に関する質問などを受けていたエリーナがこちらの席に来た。長岡は「ありがとう。楽しんでいるよ。汽車に乗せてもらって本当に良かったよ」と彼女に言って、前方の車両をのぞきに立ち上がった。

曽根と向かい合った彼女は、防寒のオーバーズボンの膝の上にメモ帳を開きながら話しかけてきた。

「一九八三年九月の韓国の飛行機のアクシデントのことなのですが、私は知らなかったので、自分で調べたり職場の人に訊いたりしました。サハリンの南の海の上で、ソ連の空軍が撃ち落としたことは間違いないです」

エリーナは、その事実が新たな発見でもあるかのような口調で言った。

「でも、これは仕方ないことですね。ソ連空軍のパイロット、悪くないです。命令出す人も間違っていなかった。悪い人、誰もいなかった」

確かに、軍事に関する常識に添って言えば、そういうことなのだろう。解ってはいるが、改めて指摘されると納得できない思いがよみがえらざるを得ない。

「撃ち落とされる側は、たまったものじゃないよ。何かほかに方法はなかったのだろうか。全員死亡だからね。あまりにも惨かった」

「被害者の人たちが大変な目に遭ったことには同情します。でも、原因を作った人は誰ですか。この事件では、誰が加害者ですか」

エリーナに言われるまでもなく、ソ連戦闘機のパイロットは命令に従ったまでである。その命令は国軍の防空管制のマニュアル通りに発せられたものだ。責めは、曳光弾による警告に従わずに逃げ切れると判断したＫＡＬ００７便の側が負うべきだろう。だが、アメリカ空軍のソ連側への偵察飛行は、ＫＡＬ機と連動していた疑いがある。単に偶然の航路接近だったとは思えない。

つまるところ不可解なのだ。悪意や重大な過失がどこに潜んでいたのか。それが、きちんと調べられることはなかった。その理由も説明されていない。

「その頃、私たちは明日の社会がしっかり見えていましたから、軍も市民もやることに確信を持っていました。領空に変な飛行機が入ってきても、軍が間違ったことをしたとは誰も思いませんでした」

彼女は関係のない方向へ結論を持っていこうとしているようだった。そこで、曽根は言った。

「その時点で誰も間違っていなくても、希望を持って生きようとした人たちが沢山、殺されたことは事実です。それが、冷戦下のサハリン上空で起きた現実だった」

自分の声が震えていることが、彼女を怖気づかせたかもしれなかった。曽根は今さら何を青いことを言い始めたのかと、半ばあきれる思いで自分を見つめていた。

「そういうことですね」と、エリーナはうわべだけ同感する様子を見せた後、意外なことを言った。

「それで、旅行会社の経営者の韓国人や大学の教授の知っている人に、私は聞いてみました。飛行機の乗客の全員が死んだわけではなかったらしい。死んだことにして、生きている人が何人かいるらしいです」

We are Passing

（彫刻：村上勝美）

「えっ。それはあり得ない話ですよ」

「と思うでしょ。でもサハリンでは、海で助けられてそのままこの国の人になることが、時々あるのです」

「海面から三百メートルも上で爆発して、生きている人がいるわけがない。遭難者とその家族を憐れに思う人が、そのような話を伝えたのだと思いますね」

それは真相が解明されないまま闇に葬られた事件に対する痛烈な皮肉に違いない。納得いかない感情によって作り出された抵抗の物語なのではなかろうか。

エリーナはさらに説明しようとした。それによると、KAL機の遭難者の中で救出後に一命を取りやめたのは、韓国人ばかりだったという。その中には怪我のために記憶を失った者もいた。「私を韓国に返さないでほしい」と申し立てる者もいたという。

「じゃあ、今その人たちはどうしているんですか。ロシアの政府はそのことを知っているのですか」

「どうしているかは分かりません。私の想像ですが、普通にサハリンの社会で仕事をしていると思います。道路工事や公園を掃除するナナイやギリヤークの人々に混じっているでしょう」

「とても信じることはできません」

「そうだと思います。サハリンにはやさしい人、多いです。昔から、いろんなところから流れ着いた人同士が仲良くしてきました。囚人や脱走者や、革命から逃げてきた人も沢山いました」

「チェーホフの『サハリン島』がそういう世界を描いている。しかし、それは昔のことであって、現代では政府機関の監視の目が行き渡っている」

そう言いながら、曽根は汽車の各車両に配置された鉄道監視員たちの視線を思った。監視がきついということは、逆から見れば対象となる事案が多数存在するということでもあるが……。

「私は今度初めて韓国の飛行機が撃ち落とされたことを知りました。英語のネットで調べてみると有名な事件でした。でもサハリンでは知らない人が多い。ロシア人は一人も死んでいないからだと思います」

「民間機の撃墜事件の現場になったのだから、噂にならなかったはずはない。当時のサハリンの住民たちは、強い力で統制された情報環境の中にいて、何も知らされなかったのではないか」

「たぶん、知る必要がなかったのでしょう」

「それは違うと思うな。不都合なことは知らされないようになっていた……」

エリーナは曽根の言葉の刺々しさを回避するように、にこやかな表情を崩さずにいる。そして、興味深いことを言った。

「生存者が暮らしているという噂があるモネロン島は、ソ連が解放する以前は沢山の日本人が住んでいました。島の住民たちは東洋系の顔の人をふつうに受け入れています。それから、数年おきに観光客として出かける韓国人や日本人がいるそうです」

「えっ」と、曽根は息を飲んだ。

「そんな観光コースがあるのですか」

「特別な許可が必要ですが、サハリン州政府が指定するガイドがユジノサハリンスクから島まで案内してくれます。自動車も船も手配してくれます」

「私があなたにそれを申し込めば、実現するのですか」

「私にはできません。私はその島に行ったことありません。どうやって行くか分かりません。私の会社の韓国人の社長は、モネロン島への少人数のツアーの希望を、州政府の観光局につないだことがあると話していました」

曽根はたたみかけるようにエリーナに言った。

「私が今回の滞在を何日か延ばして、モネロン島に行けるのかどうか。それを社長に聞いてもらえないでしょうか」

「冬の間は交通機関がありません。来年の夏に来る気があるのなら、聞いておきましょう」

その社長は、州政府の観光担当者に日本の旅行ジャーナリストたちを紹介する仕事を担っている。明日の午前中に、ホテルの会議室まで出向いてくる予定だという。その場でモネロン島の事情の説明をしてくれるように、曽根はエリーナに依頼した。

列車が速度を落とした。彼女は次の日本人客のボックスに移動していき、曽根は再び一人になった。

平坦地が続く雪景色を、小粒ほどの光しかない闇が覆っていた。曽根は膝の上で文庫本を開き、室内灯の下で斜め読みに頁をめくった。

列車はドリンスクの駅に着いた。木造の駅舎がわずかに放つ照明が、雪原を照らし出している。月も星も出ていない。駅舎の前庭に楡の大木があり、凍った空に屹立していた。迎えのバスが到着するまで、曽根たちは駅舎のベンチに座ったり、構内の雪を踏んだりしていた。曽根は『銀河鉄道の夜』の一節を読んだ。

野原から汽車の音が聞こえてきました。その小さな列車の窓は一列小さく赤く見え、その中にはたくさんの旅人が、りんごを剝いたり、わらったり、いろいろな風にしていると考えますと、ジョバンニは、もう何とも言えずかなしくなって、また眼をそらに挙げました。

この一節の後に、「ここから先の原稿用紙五枚分は解読不明」との注釈が付いていた。解読不明の部分があることが却って読む者を安堵させるのだから、その作品は不思議というほかはない。曽根はサハリンまで来た自分でも不可解な気持ちが、『銀河鉄道の夜』のジョバンニの旅の気分に一脈通じるように思えてならなかった。作者に親近感が湧くとともに、六十歳を過ぎた自分の肉体と精神が、いまだに目標の定まらない放浪を続けていることを意識した。

バスに運ばれてホテルに戻ると、抑えていた疲労があふれてくるのを覚えた。長岡をバーに誘う気も起きない。文庫本を終わりまで読み、タイガをあおった。曽根はいつの間にか大きなベッドで眠っていた。

翌朝、観光省の職員らがホテルの会議室に続々と集まってきた。日本人の旅行作家の一行の目にサハリンの現況がどのように映り、観光客の誘致に何が必要かを検討するためであった。

曽根は会議室の後方に座り、議論する人々の表情を見ていた。旅行会社の韓国人の女性社長はエネルギッシュであり、積極的な会話をしている。日本人の側は観光施設のポテンシャルや入り込みの季節的変動について平凡な見解しか述べていない。しかし、ロシア側の人々は報告書でも作成するのだろうか、いちいち頷きながらメモを取っていた。

曽根はエリーナを促して女性社長との会話を求めた。エリーナはモネロン島のことを話題にし、しきりに何か聞き出そうとしている。血色の良いたくましい頬の社長は、頷きながら聞いていたが、曽根の方をチラッと見ただけだった。彼女が別の話し相手を求めて歩み去った後、エリーナが社長との会話の内容をかいつまんで説明してくれた。

「モネロン島には軍の施設の他には目ぼしい建物も公園もなく、観光客は自由に歩けません。うちの会社ではコースを作りません。社長が言うには、特別の理由を申請しても、簡単には許可されないだろうとのことでした」

たぶんそのような内容の返事になるだろうと曽根は思っていた。社長の関心事は、多くのビジネスと観光客をサハリンに誘致することだ。軍事関連の匂いのする、面倒くさい場所に関係を持ちたくないのは当然であった。

送別の挨拶が続いていた。握手したり肩を抱き合ったりでにぎやかである。長岡は如才なく、サハリン観光局の人々に名刺を配り、謝辞を述べている。リーダー以下、ペンクラブの人々は実にもっともらしく、サハリンの今後の発展を祈念する旨を何度も伝えていた。

曽根は空港でエリーナに住所を書いたメモを渡し、東京に来ることがあれば歓待すると伝えた。

「ところで、モネロン島って、帰りの飛行機の窓から見ることができるかな？」

「右側の窓から見られると思いますよ。二十平方キロの小さい島ですから、よく注意していてください。あなたの眼が良ければ、モネロン（とど）たちが、手を振っているのが分かるはず」

エリーナは曽根の執拗さをからかうように、ジョークを飛ばした。曽根は「よく言うよ」と言いながらエリーナの肩を抱き寄せ、「じゃ、お元気で。いろいろ、ありがとう」と耳元でささやいた。

──サハリンまでは確かに来た。しかし、灰色の世界の彼方に埋もれた波濤は動き出すこともなく、自分の前に立ちはだかっているだけだった。それどころか、沈黙する大韓航空機の幻影をただ眺めている自分がいることに、腹立ちを覚えた。何も知らされないことに不満感を持つと同時に、だからこそ現在に安住できる自分の姿が見えてくる。この旅は何だったのだろう。

見送りに来た長岡は「予定があるので、ここで失礼するよ」と言って、空港から足早に去っていった。彼以外のメンバーたちは千歳空港に直行する便に搭乗するという。まだ時間があるということで、空港の休憩所に移動していった。曽根はザックを持ったまま、成田行きのヤクーック航空便に乗り込んだ。風に乗ってオオセグロカモメが一羽、空港の空に漂っているのを見た。

曽根がサハリンの地図を凝視しているうちに飛行機が動き出した。腕時計を見ると、意外にも定刻通りだった。眼下には薄い雲がかかり、その合い間には海が広がっている。水平飛行に移った頃合いを見計らって、曽根はモネロン島がどの方向に見えるのかを、女性の客室乗務員に英語で聞いた。
「モネロン・アイランド?」
そう聞き返した乗務員は、吊り上がった目で曽根の顔を見ながら「私は知りません」と言い、そのまま機内の通路を歩き去っていった。そして、思い出したように引き返してきて、メモ用紙を見ながら、今度は日本語で「今日の天気は曇りです。あなたは雲と海を見ます。島は見ない」と、投げつけるように言った。

(了)

〈補遺〉
・この小説は実際の事件を基にしたフィクションであり、登場する人物や組織は作者の創作です。執筆にあたり、『暗い海の記録』(大韓機撃墜事件四人の母の会、黒船出版、一九八四年)を参照し、特に羽場由美子さんの書簡を引用させていただきました。
・文中の宮沢賢治作品は、『賢治童話』(翔泳社、一九九五年)より引用しました。

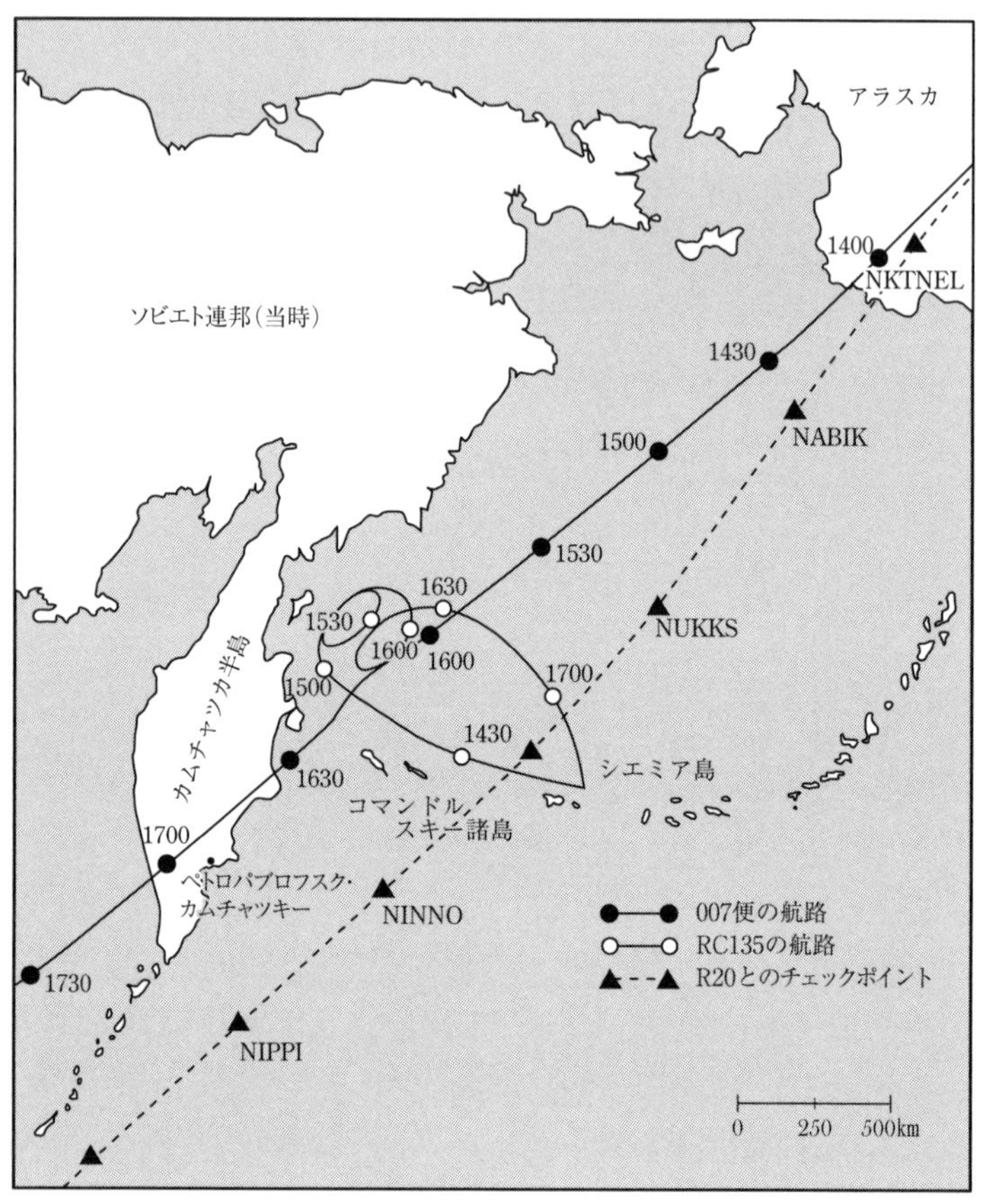

※図上の数字は時刻(グリニッジ標準時)を表す

RC135：米国空軍戦略偵察機
R20：指定航路

1983年８月31日(グリニッジ標準時)大韓航空機007便の軌跡
(真相を究明する会・武本昌三氏提供の図をもとに作成)

鳩

憑

（一）

昼過ぎから雲の形が変わり、刷毛で描いたような白い筋模様が広がっていく。隈本信夫は盆地の底に建つビルの二階から空を見上げていた。山国の気候がいま反転しつつあり、残暑から新涼へ、そして彼方にある重くるしい雪の季節を予告しているように思えた。

出勤した直後から喉の奥に違和感があった。今日は風邪気味だから早退する、と総務係の女性に告げ、隈本は午後四時過ぎに支社を出ることにした。

——会社の仕事は好きではない。気分が悪いのをがまんしてやるほどの義理もない。

頭の中にある鉛のような不快感が、自分の気持ちを不遜にしているのを自覚した。九月中旬になっても冷房を緩めない事務所内の不自然な空調から逃れれば、いくらか体の具合も良くなるのではないか、そう思ったが、外気に触れてもだるさが増すばかりだった。

盆地の底に滞留する午後の空気は、それを取り囲む山々によって暖められ過ぎているのだろうか。長袖のワイシャツの胸のあたりがへばりつくような不快感があった。

「今日は飲まない。帰ったらすぐに寝る」

声に出して自分に言いながら、彼は通勤用の四輪駆動車を車庫から引き出した。だるい長身の体を押し込み、半分ほど窓を開けてからアクセルを踏んだ。

「夏風邪は何とかが引くというからね」

「何を言うですか。卵酒でも飲んで早く寝るべっす」

ハンドルを操りながら、総務係の女性職員とのやりとりを反芻した。彼女の気遣いを素直に受けとめる余裕がなかった。疲れがたまって首が固くなっており、いかにも大儀そうに重い頭を支えている。その頭が考えることは暗かった。

東北地方の小都市への転勤とともに自分の中に生じ、容易に打ち消すことができない疎外感……。それが体の不調とともに、彼の胸の中で大きくなる。このまま冴えないサラリーマンとして朽ちてゆくのか。そう思うと、自分の人生が何ともわびしかった。

自宅のある高層マンションに近い橋に差し掛かると、川の水面を吹く風が勢いよく車の中に入ってきた。冷ややかではあるが、いくぶん生臭い匂いを含んでいる。ふだんよりも強くそれが意識された。

空の東側の奥に、頂が鋸の歯のように切り立った山が裾野を引いている。つい数日前まではその山の後方に入道雲が立ち、川沿いに開けた小さな平野を見下ろしていた。しかし、今日の空に夏の勢いはなく、斜めに注ぐ夕方の光線が木々の輪郭を引き締めている。

マンションの駐車場に車を入れた直後、数えきれないほどの赤とんぼが空中を舞っているのに気づいた。夕焼けの色が破片となって飛び散ったように、その胴体はつややかな光を放っていた。

彼は自宅のある十階にたどりつく。鍵を開けるのも億劫である。室内の空気は、風邪の菌に侵された頭と同じように淀んでいる。

東側のベランダに二羽の鳩が来ていた。吹き寄せる風の心地好さを楽しむかのように、のんびりと首を上げ下げしている。時々、たがいの顔を見合ってはうなずき合っているようにも見える。そのいかにも平和そうな語らいの姿が、隈本には何ともいまいましく思えた。

彼が県庁所在地のY市に赴任してきてから一年半が経っている。この地の人々の言葉には、喉の奥へと音を引き込むような独特の抑揚があった。明るくはないが懐かしいような朴訥な響きがあり、彼が高校生の時に他界した東北地方出身の祖父の口調を思い出させた。

隈本は東京赤坂に本社がある化粧品会社に勤めて二十数年になる。地方勤務は独身時代の二度を入れて三度目だったが、妻子を東京に残しての単身赴任は初めての経験だった。

本社の市場調査課長から、Y県のマーケットを統括する支社長への転出を内示された時、妻は「何よ、約束が違うじゃない。私は行きませんと、きっぱり言った。高校、中学、小学校に通う三人の子供がおり、転校にともなう面倒な事態を予想すれば、当然、単身赴任になるだろうと、自分でも思っていた。しかし、約束が違うとは何たる言いぐさか。そんなことを誰がいつ約束したというのだ。

——お前の発想には、亭主とともに転居することによって自分の勤務先を失いたくない利己心があるだけじゃないか。

隈本は妻に対してそう言いたかったが、その言葉を呑み込んだ。社内で見初めたころは美しい顔立ちに見えたが、連れ添っているうちに可愛らしさは薄れ、加齢とともに妙にたくましさを増した。結婚を申し込んだ二十年近く前、「僕は多分、四十歳以降は本社で手放さないだろう」など見栄を張ったことを思い出すと、彼は苦々しい思いで黙るほかはなかった。

妻は公立病院の事務室に自分の仕事を持っている。夫が心ならずも選択した地方都市での単身生活に特別な興味を示さなかった。やがて指定された転勤日となり、Y市の中央通りに面した支社の三階の社宅への引っ越してきた。同行した妻は冷蔵庫や照明器具の位置にてきぱきと指示を出し、自分が納得するようなレイアウトを行った。そして「明日は朝が早いので」と言い残し、一泊もせずに新幹線の最終便で帰京していった。その後はまったく夫の任地に足を向けようとしなかった。

子供たちは母親の態度を観察しながら、家から消えた父親との距離感を計っている。彼は単身赴任手当を利用して帰宅するたびに、登山や魚釣りの魅力を説いて子供たちをY県へ誘った。しかし、ママが行かなきゃ嫌だの、ピアノやテニスのレッスンを欠かせないなどと言っては、父の勤務地を一見だにしようとしない子供たちだった。

——お前たちがそういう態度なら、こちらにも考えがある。

赴任してから半年余り経った頃、隈本はあてつけに三か月間も東京の自宅に帰らないことがあった。しかし、彼の予期に反して妻も子供たちも、夫と父親の顔を見ないことに弱音を吐くことがまったくなかった。高二の長男に至っては隈本の唯一のプライバシー空間だった四畳半の書斎に侵入し、「本棚を使いたいので、お父さんの本を床下の倉庫に移動した。了解してください」と電話で通告してくる始末だった。

結局、父親としての面子をかけた一種のストライキも、家族の誰からもその趣旨を理解されないままに終わった。スト明けに帰京した際、小六の娘から「お父さん、しばらく見ないうちに随分太ったんじゃないの」と言われ、彼の失望感は頂点に達した。

その頃からである。隈本は「何のために単身赴任の生活をしているのか」という愚かな質問を決して発してはならない、と自分を戒めるようになった。家族から離れた寂しさをまぎらわす習慣のようになっていたその問いは、投げかけるたびに単に自分の誇りを傷つけるに過ぎないことに思われた。

――要するに俺は、名の知られた化粧品会社の支社長らしく、この地方都市で日常を振る舞い、「路面店」と呼ばれるお得意先やスーパーの店主らと付き合い、約百人の派遣社員たちのご機嫌を取る日々を過ごしていればいい。無意味に過ぎる月日と、衰えていく体力の代償として不足感のない給料をもらっている。バブルの終わりかけた頃に東京郊外に購入した、三十五坪の家屋のローンが少しずつ軽くなる日々を指折って数えていればいいのだ。

彼はそのように言い聞かせるほかない自分自身の有り様を、わびしく見つめるのだった。

軽やかなせせらぎの音が、昼も夜も部屋まで届く。市内を流れるM川に面する、この高層マンションに移ってきてから半年余り経つ。この間、隈本は一度も寝具をベランダの外光の中で干したことがなかった。その原因はマンションを棲み処とする鳩たちだった。彼らがこれほどに人の生活域に侵入してくる生物であったとは、それまで思ってもみないことだった。

思い返せば、入居してから数日が過ぎた頃、多数の鳩たちが明け方の嵐のごとく突然、隈本の新居を襲ってきた。すさまじい鳴き声と羽音によって彼は叩き起こされ、彼らの存在を認知させられた。その時すでに、鳩たちは3DKの部屋のベランダを占領し、床をキャンバスにして白い糞の模様を描いていた。

Ｍ川を見下ろす位置にあるマンションである。よく考えれば、鳩どもが飛来する兆候はあったはずだ。そこまで予測できなかったのは、自分の失策だった。部屋の賃貸契約を結んでから二週間ほど空室にしていたが、その間の人気のないベランダが鳩たちに絶好の棲み処を提供したに違いなかった。

彼らの襲来に気付いていから、窓を開けるたびにベランダから運ばれる臭気が煩わしくなった。それは日ごとに強まっていき、彼を悩ませた。

鳩どもの糞で汚れた手摺に寝具を掛ける気はとうてい起こらない。ために、隈本は布団乾燥機を購入したが、それを使う作業もまた億劫だ。そのたびに鳩たちがいまいましく思われ、われながら切なかった。

職場と同じビルの中にある社宅から脱しようと決意したのは四月末のことだった。彼は不動産屋の女性に案内され、初めてこの部屋を訪れたのだった。

「一人でお住まいならば３ＤＫの広さで十分ですね。眺めは最高ですよ」

少し変な標準語を話す三十代半ばの細面の美人だった。彼はその唇の動きを見つめた。茶色味を帯びたピンクの口紅がしゃれており、鼻筋の通った色白の顔と茶色に染めた短髪に似合っていた。

「ＰＫ26という品番のわが社の製品にちがいない。この地方ではあまり売れないのだが……」

つい職業的な視点になる自分の性癖をくだらぬと思いながら、彼は女性の不動産セールスの技を楽しんだ。その時、カーテン代わりに掛かっていた薄茶色の紙が取り払われた。ベランダ側のガラス戸が開き、冷たい外気が流れ込んできた。

いきなり目の前に開けた風景は、気持ちが洗われるように新鮮で美しく思われた。夥しい残雪に覆われた山が、見上げる空の中に聳えていた。山腹から流れ出し、マンションの足元へと下ってくる、一筋の川の水面がきらいめいていた。その両岸には雪が残り、早春の陽射を勢いよく跳ね返していた。

パート勤務の主婦だという女性は「どうです、この眺め」と言いながら、制服の上着を脱ぎ、赤い半袖セーターから伸びた白くふくよかな腕を広げてみせた。

隈本はためらうことなく、「ここに決めます」と言ってしまった。部屋に吹き込んだ一陣の春風の悪戯ではなかったかと、今にして思うのだ。

果たして、それはあまりにも軽率な選択だった。地方の小都市のマンションにしては、家賃は高い方である。その気になって他の部屋を探していれば、鳩どもに貴重な睡眠時間を捧げるような、愚かな日々には至らなかった。ベランダに集まる彼らの姿の片鱗でも見つけていれば、入居契約などしなかった……。

そして今日があるのだ。後悔しても仕方ない。俺は闘うしかない。隈本は日に一度は繰り返す陳腐化した台詞を吐きながらネクタイをはずした。そして背広のズボン姿のままで、何日も敷いたままの布団の上に横たわった。

「鍵は締めた。エアコンは動いている。携帯の充電もよし」

眠気が募っていく頭の中で室内の状況を素早く考えた。一息ついたら起き上がり、やはり少しぐらい酒を飲む方がいいだろう。そう思うのだが、風邪が回り始めた体は重く、容易には動かなかった。

夕飯なんか一度ぐらい抜いたって大したことはない。眠る方が先決だ。そのように自分を納得させて薄い布団の中にもぐりこんだ。やがて頭の隅に、寄せては返す波のような不規則な羽ばたきの音が聞こえてきた。

「あいつらめ、もう来やがった」

あまりにも迷惑な客の姿を想像し、隈本は彼らを呪った。まぶたの裏で熱を発している眼球が、鳩たちの憎々しげな姿を描き始めている。その不快感に耐えながら、彼は眠りの中に入っていった。

隈本は元々、鳩には少なからぬ好感を抱いていた。都心の大学に通ったころ、キャンパスの芝生に寝転がっている時、いつも何羽かの鳩が寄ってきた。追い回す者もおらず、実にのどかな光景だった。卒論に取り組んでいた頃、付き合っていた女子学生の手紙の中に「校塔に鳩多き日や卒業す」という中村草田男の句が引かれていた。学園紛争のあおりで卒業式は行われなかったが、希望通りの就職を果たして幸福そうな彼女を見送り、彼は留年した。その直後に彼女との付き合いは終わった。

結婚後、子供たちがまだ小さい頃、連れ立って自宅近くの雑木林を歩くことがあった。そんな時、普通の鳩よりも背中の模様が込み入っている野生の鳩をよく見かけた。「あれはキジバトだ。日本を代表する鳥であるキジのように、羽が美しいのでそう呼ばれている」と、子供たちに説明したことがある。

そんな鳩たちに対する好印象が、今や自分の内部で完全に打ち砕かれ、彼らが憎悪の対象になった。そのことに、何ともやりきれない思いが募った。何となく見過ごしてきた公園の「鳩にエサをやらないで」という掲示も、切実な内容を持つものであることが理解できた。

明け方、浅い眠りから目覚めると、喉の痛みが増しており体が熱っぽいのを自覚した。早く布団に入ったのだから決して俺は寝不足ではないと、まだ覚醒しない脳がつまらぬことを打算している。彼は「えい」と声を発しながら、タオルケットを撥ね上げた。

眠りの周辺に鳩どものけたたましい羽音と呻き声があり、彼の意識はその中で泳いでいるかのようだった。人の気配が、カーテンとガラス戸越しに外に伝わるのだろうか。鳩たちが一瞬、その喧騒を高めるのが分かった。

隈本はカーテンを開けた。ざっと数えただけで二十羽を超える鳩がベランダの床に群れていた。敵の存在を確かめるような思いだった。

川に向かって左隣の部屋には、一人暮らしの女性が住んでいる。階段が異なるので交流はない。その隣の部屋に近付くほどに鳩の密度は高まるように見える。彼らは餌が落ちているわけでもないのに体をふるわせ、首のあたりの羽毛を膨らませて蠢いていた。

隈本は憎悪に満ちた視線で観察し続けた。格子状の手すりに乗り、鳩たちが列を作っている。白い斑入り模様のある羽をしたものが多い。青みがかった灰色の背中をつややかに光らせているものもいる。隣家のベランダからわずかな距離を飛び、仲間の列の中に割り込んでくる。そのたびに羽音と鳴き声が、朝の空気の中に不快な渦を作り出すように思えた。

隈本は以前、大胆にも手すりから身を乗り出して隣家をのぞき見たことがあった。そこでは人の干渉をまったく恐れぬ鳩どもが、群れて一個の塊となっていた。一坪余りのベランダ一帯が鳩の繁殖地と化しており、床には漆喰を塗ったかのように白い糞が堆積していた。吐き気をもよおすほどの異臭が満ちていた。

隣家が女性の部屋であることを知りながらのぞき込んでいる自分の姿は、性犯罪者のそれに近かったのではなかろうか。あやうく警察に通報される場面だったかもしれない。そう思い返すと、冷や汗が出るようだった。

どのような女性なのだろうか。彼はその隣人に大きな興味を抱いたが、一度も姿を見たことがなかった。入居する際に三度ほどあいさつに行ったが、土曜日の夜でも呼び出しのブザーに反応はなかった。黒いマジックで名をしるした横書きの角張った筆跡から、婚期を逃したワーカホリックの四十代の痩身の女の姿を、彼は勝手に思い描いた。憎き鳩どもが隣家に本拠を置いていると確信してからは、異臭の中に好んで住む変質的な人格なのではないかとさえ疑った。

「せめて、鳩どもに餌をやるのをやめてくれませんか」と、部屋の主の女性に頼み込もうと何度も考えた。しかし、ベランダ越しの一瞬の覗きによって収集した断片的な情報に基づいて、そのようなことを申し出るのは、いかにも行き過ぎというものだろう。

冷静に状況を分析すれば、女性が鳩を愛好しているとは思えない。定期的に餌を与えているなら、繰り返してガラス戸を引くはずだが、鳩の糞で塗り固められたドアの桟のありさまは、長いあいだ開け閉めそのものが行われていないことを物語っていた。

――あなたは私と同じように鳩どもの騒音の被害者です。我慢を重ねながら自室に閉じこもっていることに同情します。一度も顔を合わせずに疑心暗鬼になるよりもむしろ、われわれは共闘すべき間柄なのではないでしょうか。協力し合って鳩どもの理不尽な占拠から、私たちの生活を解放しましょう。

そのように隣家の女性に呼びかけたい気分だった。今さら支社ビルの三階にある社宅に戻るわけにもいかない。社宅は単身赴任者の経済的な不利を幾分でもやわらげる意図から、家賃ゼロ、上下水道、光熱費も会社の経費だった。しかし、階段と出入り口が事務所と別とはいえ、自宅に戻った心地がしなかった。出勤前に使う水洗トイレの音を、階下の事務員たちがそれとなく聞くこともあるだろう。職員たちが何を噂しているか分かったものではない。目覚まし時計に起こされ、あたふたと身繕いをする二日酔いの愚かな中年男の姿が想像されていることだろう。そう考えると、階上の社宅は彼にとって、到底くつろげる空間ではなかった。

歴代の支社長のほとんどは社宅を使わなかった。隈本がいったん入居したことを知った職員たちの「えっ」と言わんばかりの反応を今でも覚えている。どうせ、東京の自宅のローンがきついからだと思ったことだろう。バブルがはじける時期を見通せず、慌てて家を買った哀れな「バブ貧」などと評されているかもしれなかった。

不動産屋に見つけてもらったマンションの一室は、三人の子供の学費をけんめいに工面する妻の大反対を押し切って借りた。ようやく寛げる空間を得ることができたと思ったのだが……。

――何としてもここでの生活を快適なものにしなければならない。

隈本は何度もそのように自分に言う。そのためには、憎き鳩どもを何とかしなければならない。一時は彼らの騒音を気にしない境地に自分をいざなうことが大切だと思った。しかし、頭の中でそのように考えても、白く汚れたベランダの現実の姿とその臭気に直面すると、彼らへの憎悪を消すことはできなかった。

それは、山々の雪が溶けきって、盆地から見上げる緑がすがすがしく思われる頃のことだった。彼は多数の小鳥を置いているペットショップに行き、鷹の目に似せたという黄色いビニール製の吊るし物を買ってきた。店のおやじに言われた通り、それを汚れ果てたベランダの鉄格子に結び、風になびかせてみた。しかし、鳩たちはそれが偽物であることを当初から見破っているようであり、一向に立ち去ろうとはしなかった。

その数日後、酒気を帯びて帰宅した彼はとっさに名案を得て、自分の口元がゆるむのすら覚えた。土鳩とはいえ自然界に暮らしている動物である。人工的な光が作る明暗の急激な落差には、容易には適応できないのではなかろうか。そう思いながら忍び足でベランダに近付き、彼はカーテンをめくった。

暗闇のなかで何羽かの鳩が手すりの上に並んでいるのを確認した。「見ていろよ」。隈本は玄関の隠し棚からスキーのストックを出し、それを握りながら部屋の三つの輪からなる蛍光灯のスイッチを入れた。鳩のなだらかな背に注がれた人工の光線が、灰緑色に反射していた。

彼にはその姿が、油断する敵どもが突然のライトを浴びて面食らっているかのように見えた。一瞬のひるむ気持ちを払いのけ、彼は右手に力を入れて突き出した。手すり上で標的となった一羽の鳩が飛び立つ間際だった。

彼の手のひらに鈍い衝撃が戻ってきた。伸ばしたストックは、動き出した鳩の背を追うように、その体を確実に捉えたように思えた。しかし、はばたきの音を残しながら、鳩はよろめきながら飛び去った。そして他の鳩たちの慌てふためく羽音が夜の空気を騒がせた。

ストックが体に刺さらず、鳩が突かれながらも飛び去ったことに隈本は安堵した。同じグループの者が傷を負わされたことで、彼らはそれを教訓にすることだろう。この場所が安全ではないことを知り、行動のパターンを変化させるに違いない。これで良いのだ。隈本はそのように考えた。

「無傷で逃げた鳩どもも、人間の怒りというものを思い知るがいいのだ」

打突の効果が問題ではなく、敵にようやく一矢を報いたことが嬉しかった。高揚した気持ちが残り、なかなか寝付けなかった。

だが、その気分は打ち砕かれた。次の朝、彼は鳩たちが発するいつもの喧騒の中で目を覚ますことになった。羽音に混じるグーともクックーとも、グルッグルッとも聞こえる鳴き声の総量が、いつもの朝より強まっているようにすら感じられた。

鳩どもが自分に注ぐ憎悪の視線を思うと、カーテンを開ける気になれなかった。彼は「恐れるに足りず、闘いはまだ、これからだ」と独り言を放ち、気持ちを鎮めようとした。

その初夏の出来事から、すでに三か月が経っていた。この地方に特有の猛暑をやり過ごし、夜の深酒を繰り返すうちに、そろそろジョギングでも始めようかと思った矢先、風邪を引いてしまったのだ。そのことが、いかにも重大な失策を犯したように思われ、彼は自分自身の油断を責めた。

（二）

隈本は左手を顎に当てながら、水割りのタンブラーを揺らしていた。まだ風邪が抜けきらない。しかし、酒はうまく感じられ、自分の体調が戻り始めていることが分かった。

板敷きの部屋に座布団を敷けば二十人ほどが座れる小料理屋である。彼はいつもカウンターの席を好んだ。溶けかかった氷が互いにぶつかる音を確かめながら飲むのが、自分ながら気に入っている仕草である。

共に単身赴任であることが一種の連帯感となり、酒場の仲間を作っている。その輪の中にいる時、隈本は安らぎを覚えた。ゴルフをめぐる自慢話や失敗談が多かったが、隈本はゴルフをしないので時事問題や休日に観る映画作品を話題にした。

冗談を飛ばしながら自分の生活を客観視するという、やや自虐的な楽しみが酒場仲間の誰にもあった。隈本はこの夜、スキーのストックで鳩を突き、その標的が大した怪我もなく飛び去ったことを間抜け話に仕立てて披露した。自分の境遇に同情を得たいというほどのことでもなく、もっかの苦悩に対して自分自身が冷静になるために、誰かに話を聞いてもらいたかったのだ。

「それが鳩じゃなくてカラスだったら、きっと仲間を集めて復讐しにくるぞ」

「ヒッチコックの映画『鳥』を観たことがあるので、私だって、そんなことを考えましたよ。しかし、相手はドバトですからね」

隈本の道化話に耳を傾けてくれたのは、損害保険会社の支店長をつとめる中村功だった。隈本より三歳上である。

「鳩だって恨む気持ちはあるだろうし、学習もするだろう。甘くは見ない方がいい」

「そのへんは分かっているつもりですよ」

中村はにやにやしながら鳩と闘う男の話を聞いている。時々、店の主人である五十代のママが合いの手を入れる。

「まあ、ひどいわね。私が鳩だったら被害を訴えるわよ。ストックで突かれて、その鳩はちゃんと飛べたのかしら……。間抜けな鳩だわね。でもさ、クマちゃんって見かけによらずに残酷な人なのね」

無理して標準語を使うママの言葉には、隈本への同情心は感じられなかった。酔った客の話を茶化しているだけに思われた。あくまで水商売のエチケットなのだろう。しかし、「話し相手になってくれるだけでありがたい」と隈本は思った。

中村は何か有効なアドバイスができるかどうかを探りながら、隈本の話を受け止める様子だった。しかし、どこかで友人の困難を茶化す風がある。隈本にとっては、それが不満だった。

「猫でも飼ったらどうかね」

「それは考えました。しかし、マンションの管理規定で禁じられています。有名無実な決まりではあると思いますが、飼い猫を昼間、部屋の中に閉じ込めておくわけにもいきません」

「じゃあ、手すりに電流でも流してはどうかね」

「私を感電させるつもりですか」

冗談のやりとりの後、中村は真顔になって言った。

「たかがドバトというけれど、眠らせてくれないとなると、笑い事ではないな。人生にとって煩わしきもの、つまり敵ということになる。市役所へ相談に行くなり、専門家の意見を聴くなり、真剣に対応した方がいいよ」

「その通りです」

隈本は短く答え、薄くなったウイスキーをグイと飲みながら眼鏡の縁を指先で正した。酔った者同士の会話ではあるが、自分のつらさが少しは伝わっているようだ。隈本はやや慰められる思いだった。

見知らぬ土地に来て、最も気を許す友人になったのが中村である。中央銀行の支店長が主催する地方経済人の親睦会で一年ほど前に知り合った。学部は違うが同じW大学の二学年先輩であることが分かり、その後に何度か電話で呼び出し合い、打ち解けて話ができる仲になった。パート美人のいる不動産屋を紹介してくれたのも、県知事もたまには顔を見せるというこの料理屋「かげろう屋」の存在を教えてくれたのも中村だった。

彼は千葉県に自宅があり、隈本よりも丸一年早くこのY市に単身赴任していた。かげろう屋の名物ママとは東北地方の訛り言葉を交えてなごやかに話す。しかし、隈本との間では妙に強調された関東風の言葉を使った。

隈本はビジネスの世界に生きる紳士のたしなみとして、また自分がこだわる流儀としても、大学の先輩に対して敬語を使うように気をつけていた。

「カラスの鳴き声をテープで流したらどうだろう。鳩はおびえて近付かなくなるのではないか」

しばらく沈黙していた中村が言った。

「手ぬるいですね。当初は効果があってもすぐに馴れてしまうでしょう。抜本的な手を打たなければ気が済みませんね。そこまで私は頭に来ています」と隈本は答えた。

「中年男が二人そろって鳩談義とはまったく艶がないな」

「こうなったら、見栄も外聞もありませんよ。私は必ず彼らに勝ちたい。知恵を貸してください」

日常の生活の悩みを他人に訴えながら、自分の感情が鳩たちに手玉に取られているのを隈本は感じる。鳩たちは冷ややかな目で部屋の主を観察しており、自分たちの安穏に対して人間に何ができるかを見届けようとしているのではなかろうか、とさえ思うのだ。

「被害を根絶するためには専門家のアドバイスを得て科学、特にバケ学的な手段が必要になると思うね。何か強い薬を撒く必要がありそうだ」

中村が一つの結論にたどりついたような表情を作って言った。隈本は我が意を得たりという気持ちだった。

「私もそう思っているのです。餌に毒を混ぜて食わせてやろうかと……。殺すまではいかなくても、きっと一時的に神経が冒されて、彼らをして、私の部屋に近寄れなくする効果はあると思います」

——やはり。誰が考えてもそのような結論が導かれる。しかし、鳩除けの化学薬品は売っていないとすでに小鳥屋から言われた。自分で研究して撃退の方法を見つけ出さなければならない。〝人生の煩わしきもの〟である。粉砕するほかはない。

隈本は胸の中でそうつぶやいた。自分の取ろうとする対処法を支持してくれる友人がいるのはありがたかった。

「そこまでしないと気が済まないのです。問題はどこで、どのような理由をつけて、薬物を手に入れるかです。世の中には毒物及び劇物取締法というのがありますからね」

「君は鳩に憑かれてしまった感じだな。こっちまで少し異常な発想が乗り移ってしまった」

「すいませんね、変な話題で……。しかし、悔しいけれど、私は確かに鳩に憑かれている。我ながら、時々、そう思いますよ」

カウンターの内側で調理の手をしばらく休め、二人の話を聞き込んでいたママが「いやねえ。狐憑きみたいじゃない。鳩が化けて出るなんて言わないでよ」と、割って入ってきた。中村は「化けるのではない。鳩の魂がこっちに乗り移ってくるのさ。クマちゃんはそのうち、〝グルッ、グルッ〟とか言いながら、ヘンなことを口走るかもしれないぜ」と言いながら、隈本の顔をのぞきこんだ。そして付け加えた。

「そう言えば、中島敦に『狐憑』という短編小説があって、おもしろく読んだ記憶があるな。ちょっと気味が悪かったけど、ツングース族の集落の話で、けっこう巧みな小説だったな」

「そうですか。でも、鳩に憑かれた男なんて小説のタイトルにもなりませんよ」

会話がここまで来たところで中村は「もうその話題はやめようや」と目で合図し、首を小さく振った。隈本も作った微笑を返し、「私のくだらぬ話を聞いてくださり、ありがとうございました」と言って、先輩のグラスにウイスキーを注いだ。

反抗の手立てがない生き物をストックで攻撃したことを調子づいて他人に話す自分に、隈本はさすがに気が滅入るのを覚えた。しかし、その一方で、さらに有効な闘い方を考えなければならないという決意にも似た気持ちが沸いてくるのを覚えていた。一種の思い付きで言ったに過ぎなかった毒餌作戦について、有効で具体的な方法が見つかるならば、自分は本当にやるだろうと思った。

それから二人は、県内の工業製品の出荷額や景気の動向、さらに新作の映画に登場する女優のことなどを話題にしながら飲んだ。午後十一時を過ぎ、かげろうママは閉店の準備にかかった。単身赴任族が「健康のため」と申し合わせる時刻である。隈本はもう一度、話題を鳩に戻して中村にたずねた。

「ところで、世の中にはバードウィーク（愛鳥週間）というのがありますが、鳩は保護されるべき対象なのでしょうか」

意外な質問に、中村はけげんそうな顔をして「ううむ」と言ったまま黙っていた。やがて確信を得たという顔付きで次のように言った。

「彼らは野鳥とはいえないだろう。元をただせば飼われていたやつが野生化したのだから、野良猫のようなものだ。猫が野生動物ではないのと同じ理屈だと思うな。生き物ではあるけれど、法律的には所有者のない物体、つまり落とし物なのじゃないかな」

「それを聞いて安心しました。いいえ、責任は私が取りますが、一般論として識者の見解を聞いておきたかったんです」

「俺は鳥の問題の識者じゃないよ」

中村はもう沢山だという表情で笑いながらグラスをカウンターに置き、「都合のいい時だけ、持ち上げるなよな」と言った。そして、「鳩を攻撃したという話は様々誤解を招くから、他のところではしない方がいいぜ」と付け加え、隈本の肩をポンと叩いて立ち上がった。二人はかげろう屋を同時に出て、それぞれの方向にふらつきながら別れた。

そして、土曜日の朝が来た。いつもの騒ぎに押され布団から起き上がった隈本は、ガラス戸越しに鳩たちの群れる姿をしばらく見つめていた。これまで憎むばかりで、よく観察したことがなかったが、首のあたりの毛を逆立たせて騒いでいる鳩の顔はトカゲや蛇に似ているなと思った。同じ種類と思えないほどに個体によって羽の色が変わっており、中には全身が白っぽいものもいた。

鳩とはいかなる生き物なのか。闘うと決めた以上、まずは敵の性格を知ることが大切だと彼は真剣に思った。

暦の上では秋が深まっているはずだが、盆地の底にはしつこい暑さが残っていた。隈本は休日気分を確認するかのように、半袖の開襟シャツ姿でマンションを出た。自転車で洗濯屋に寄り、一週間分の汚れものを出し、預けておいた衣類を受け取った。その後、そのまま橋を渡って対岸の図書館に向かった。河原では野外料理を楽しむ人たちがかまどを作ったり、青いビニールシートを敷いたり、区域を主張するテープを張ったりしていた。

先週の土曜日にはショベルカーで大鍋の中の芋煮をかき回すという奇抜な行事も催された。それは一種の旅人である単身赴任者にとって珍しくもあり、楽しそうでもあり、誘ってくれる人があれば自分も参加してみたいと思ったが、どこからも誘いは来なかった。秋風とともに喧騒をきわめる河原も、見知らぬ土地の風物であるに過ぎなかった。

その図書館を利用するのは、隈本にとって初めての経験だった。「閲覧サービス」と書かれたテーブルに行き、隈本は「鳩のことを調べたい。住居に集まってきて困るので、できれば撃退する方法を知りたい」と、素直な態度で申し出た。

こちらの弱みを飾らずに訴えれば、相手の親切な対応を引き出せるのではないかと思った。しかし、彼の意に反してサービス係の中年の女性はあからさまな迷惑顔を見せた。「初めてのご利用でしたら、そこに出ている館内利用の注意をよく読んでください」と、語尾が上がり下がりする口調で言った。

さらに、動物関係の棚はどこどこですと、書架に振ってある番号を伝えてくれたが、眼鏡の奥に蔑んだような視線があるのを感じた。

——別にお前の親切なんか期待しているわけではない。

隈本はそんな捨て台詞を呑み込みながら、書架の番号を目で追った。動物コーナーの鳥の棚には鳩の飼い方に関する本が多く並んでいた。それらを抜き出して読んでみたい気持ちを抑え、まずは鳥類図鑑を開くことにした。

ハト科の鳥はドバト、キジバト、アオバトの三種が主であることを知った。ドバトはビルマなど東南アジアに分布するカワラバトが原種であり、人に飼い慣らされるうちに「用途により数百に達する」品種に至ったという。

別の図鑑には、「土鳩」と書くが本当は「堂鳩」であり、社寺で多く飼われてきた歴史を示していると解説されていた。驚いたのは、ドバトが食用として飼育されている事例もあることだった。

――あのように臭気を発する連中をとても食う気にはなれない。

隈本は自室のベランダを占拠する鳩どもの姿を思い出し、首を横に大きく振った。何種類かの本を出し入れする中で、昭和二十八年発行とある小型の『日本動物図鑑』の記述に特に興味を覚えた。ドバトの「普通に見ラルル羽色」を、その図鑑は「石板色」と表現していた。また「2条ノ帯斑アルモノハ最モ原種ニ近キモノナリ」との記述があり、その原種という概念がどういうものなのかについて、彼はしきりに思い巡らした。また、石板色とはいかなる色なのか。本当に羽に二本の帯状の模様があるのかどうか。現物を観察して確認する必要があると、隈本は思った。

パソコンで新聞記事を検索して分かったことは、世の中には「鳩のフン害」に悩む事例が多くあることだった。都心の人口密集地域の鉄道の駅では、電車待ちの客から多くの苦情が出ていることが多数報じられていた。隈本は自分がかかえる悩みがある程度、普遍性のあるものであることを知り、やや満足した。しかし、記事の多くが鳩の糞害の実例をおもしろおかしく報じており、金網や風船、鷹の鳴き声のテープを流すなどの対策を「迷案」などと茶化していることに、少なからぬ反発を覚えもした。

図書館を出た隈本は、食用の鳩のたくましい姿をしばらく想像していた。「八百グラムに達するものもあり」と図鑑は記していた。彼は「太った鳩の化け物が夢に出てこないとも限らない。

変な想像はやめよう」と自分に言い聞かせながら自転車のペダルを漕いだ。

その足でペットショップに立ち寄ったが、案の定、店の主人は「鷹の声のテープは売っていないし、鳩が近寄らないような塗装薬も置いていない」旨を彼に伝えた。店にあるのは、すでに役立たないことが立証済みである鷹の目の風船だけだった。

彼はマンションの自室に戻ってから、土曜日のノルマとして気の進まぬ洗濯にとりかかった。ハンカチに至るまで、衣類の多くを毎月曜日の朝にクリーニング店に出すが、靴下と下着だけは全自動式の洗濯機を用いて自分で洗うことにしていた。ベランダの状況からして、強めに乾燥して室内で干さざるを得なかった。その時いつも、鳩どもへの憎しみが改めて沸いてくる。

――隣室の女性はどうしているのか。やはり、このようにして部屋の中に紐をつり、彼女の下着類を室内で干すという不条理な境遇に耐えているのだろうか。

隈本は一瞬、年甲斐もなく顔が赤らむのを感じた。外では数羽の鳩が羽音を立てている。彼は妄想から逃れるように部屋を飛び出すと、ポケットに財布と部屋の鍵があるのを確かめながら、かげろう屋を目指して歩き出した。

（三）

月曜日の朝だった。いつもより早く起きた隈本はパジャマ姿のままベランダに出た。ポップコーンと「エビの粉末入り」と称するスナック菓子を砕き、ベランダ全体に行き渡るように撒いた。鳩たちが喜んだのは言うまでもない。彼がその場を去らぬうちから、彼らは競い合って餌に群がった。羽音と鳴き声を遠慮なしに高める彼らに、憎しみが増していく。

彼らは俄かな厚遇に気持ちを浮き立たせているようだった。勢い余って部屋までに入ってくる鳩がいないとも限らない。

隈本は彼らの騒がしい食事の姿をガラス戸越しに眺め、自分の今後の行動を思案した。

——この餌付けの作業を三日間は続けよう。彼らをどれだけ油断させせることができるかで、この作戦の成否が決まるだろう。

彼は真剣にそのように考えた。

この日は午前十時から支社ビルの一階で、月に一度の外勤者研修が組まれていた。社内で「派遣さん」と呼ばれる女性職員たちが、県内各地から集まってくる。隈本は支社長としての役割を果たさなければならなかった。

隈本は電気釜で炊いた白飯に、納豆とインスタント味噌汁で朝食を済ませた。そして米国の大統領がテレビ出演のときに必ず着用するという赤色のネクタイを選び、髪の薄い部分を目立たせないように入念に櫛を入れてから出勤した。

五十人を収容できる支社の会議室は満席だった。派遣さんたちは全員が地元で採用され、県内のデパートやスーパーの化粧品売り場に勤務したり、小売店を回って商品を受注している。全員が支社に集まるのは定例研修の日だけだった。隈本はこの日が苦手である。支社長はいつも本社の様子や業界の動向について語り、そのうえでセールスパーソンとしての心構えをレクチャーしなければならない。話の展開にどのような新味を加えるかで、彼はいつも頭を悩ませる。

支社長の講話の後、販売課長が新製品のセールスポイントを解説する。その後、あらかじめ書類で提出されている各派遣店の業務報告を検討し、客とのトラブルの事例などの共有すべき情報が紹介され、派遣さんたちの意見発表も行われる。

午後の時間はセールステクニックの個別相談にあてられる。ふだんは静かな支社もこの日だけは人の出入りが多く、支社長は他の予定を入れずにほぼ丸一日、事務室に詰めていなければならなかった。

Y県の人口は百三十万人に満たないが、化粧品の市場は決して狭くはなかった。香水、口紅類からファンデーション、ヘアトニック、シャンプー類まで含めて年間二百億円近い市場があった。顧客の主力である二十代から六十代までの女性の化粧品に対する一人あたりの平均支出は、都会とほぼ変わらずに年間三万五千円程度と見積もられていた。問題は、それがどのようなルートで買われるかである。わざわざ東京や隣県の大都市へ行って買い求めるケースが多く、外国製品の通信販売に対する人気も高かった。

隈本の会社は全国シェアでは業界の第二位につけているが、Y県での実績は年間二十億円のラインを越えることができなかった。潜在する購買能力をいかに引き出すか。そのためには、店頭でのワンポイント・レッスンを通じて顧客との人間関係を作り、化粧品を多めに使うことのおもしろさを理解してもらう必要があった。それが本社から指示されている「受け手発想のセールス」の趣旨だった。

派遣社員たちの腕の見せどころは、一点あたりの利益率が高い香水と口紅である。研修では

「皆さんはお客様を素材にして、美を創り出すアーティストなのです」と、歯の浮くような言葉で派遣さんたちを奮起させるのが常だった。色数で他社をリードする口紅の売り込みに熱を注ぐように、隈本はいつも指導していた。

彼は女性たちの視線にさらされ続ける自分を意識した。背広やネクタイ、胸のハンカチが遠慮なく品定めされているのが分かる。自分のおしゃれのポイントである鼈甲のカフスをそれとなく見せるため、時々、耳の上方の髪に手をやりながら、隈本は講話を続けた。

お客様に美しくなっていただくとは、どのようなことなのか。誰だって効果が不確かなものには投資をためらう。きれいになりましたね、なんて根拠のないお世辞を言ったって財布の紐はゆるまない。

不細工な顔だってじっと見ていれば、けっこう味が出てくる。個々の客の容貌のなかに、何かポイントを見つけることが大切だ。それをほめちぎるのではなく、どうしたらそれを強調できるのかを冷静に考える。そのような姿勢を客に理解させることが必要だ。お客様の顔に色彩のポイントを与え、部位の輪郭をすっきりさせ、それが全体の美の程度をグッと引き上げる瞬間のダイナミクスを体験していただく。つまり化粧という行為の醍醐味をお客さまの脳裏に刻み付けることと、そこに皆さんのセールスパーソンとしての腕が発揮されるのだ。

隈本はそんな内容をしゃべり続けた。彼は女性社員たち一人一人を見渡す風をして、目を見るのではなく、その唇の形、口紅の多様な色や艶に視線をとどめた。販売キャンペーンの管理者としての熱意を装うことが大事だ。そうして自分に与えられた時間が過ぎるのを計っていた。頭の中が女たちの唇の様々な形であふれ返った。自分が行っている講話の落としどころをどこに持っていくべきか。それを考えながら話しているうちに、まったく意外な例え話を持ち出そうとする自分に気付いた。一瞬ためらったが、勢いに任せるほかはなかった。隈本は次のように話した。

空を行く白い鳩がいる。速く飛ぶために空気の抵抗を少なくしたいと考える。翼の自由を求めて、空気の薄い高所を求めて飛んでいく。空気がなくなれば、つまり真空になれば、どんなに速く飛べるだろうかと思う。ようやく理想の状態にたどりついた時、鳩は真空の中では自分が生きられないことを知る。

この例えのように、理想を目指して原型を変えてしまおうと考えるのは大きな間違いである。私たちはあくまでも、素材の良き要素を引き出すことに専念すべきである。お客様は材料ではない。私たちの役割は「従」であり、いわば助産師さんのようなものであると考えなければならない。さあ、気持ちを新たにして、白い鳩が伸びやかに空を飛ぶのをお手伝いしようではないか。

話し終わると派遣社員たちは拍手をしてくれた。それは彼が毎朝に聞く鳩どものざわめきを連想させた。女たちの笑顔の集合が、餌をついばむ鳩の群れの姿とも重なり合った。

適度に東京風を吹かせ、管理者としての注文をつける内容だったと、彼は自己採点した。白い鳩のたとえ話は、大学の教養ゼミでテキストだったカントの第一批判書からの借用だ。派遣さんたちの中には、それを見破った者もいるはずだが、却って支社長の教養を見せつける効果にもつながっただろうと彼は打算した。

――それにしても、どうして俺は鳩の話なんか、してしまったのだろうか。

隈本の脳裏に、おぞましい自室のベランダの光景がよみがえってきていた。

昼休みになり、彼は部下をともなって外出した。支社ビルを出てJRの駅の方へ五分ほど歩くと、駅前から県庁に通じる大通りと旧街道が交差する。その角にある老舗の蕎麦屋に、派遣さんたちが群れているのを知っていた。隈本もその店に行くことにした。地元に馴染もうとする姿勢を派遣社員たちに示そうと思った。

単身赴任の支社長が日ごろどこで食事をするかは、派遣さんたちの想像をかき立てる話題であるはずだった。「あそこの蕎麦はおいしいですね、よく行くんですか」と話しかけられれば、「ええ、味もさることながらバイトの娘さんが可愛いので」などと茶化して答える。それはこちらから積極的に提供しておくことが好ましい種類の情報であると、隈本は思い込んでいた。

一人の派遣社員の年間売上は店の立地によって大きく異なるが、平均して一千万円のラインを確保していた。商品や社名の入った看板などを提供する特約路面店での自社商品の売上が年間五百万円にも満たないことを考えると、派遣社員は支社の販売実績の主力であった。彼らは情報を交換し合い、数字を競い合い、実績給の高低に主要な関心を置いていた。待遇改善を求めて団体交渉などを起こされてもおかしくはないのだが、支社の三十年の歴史でそのようなことは一度もなく、派遣さんたちは自社の製品の優位性を信じて売上を伸ばすことに努力していた。

支社は売上を伸ばした派遣さんに対して、化粧水やスキンクリームの試供品の支給数を増やすなどの厚遇をし、彼らの世間的な面子が立つように配慮していた。試供品の多くが派遣さんたちの親類や隣近所に配られたとしても、それが彼女たちの意欲を高める効果につながるならば、会社としてはむしろ好ましかった。

隈本はY県支社での勤務を物足りなく思ったこともあるが、「今は、余計なことはするべきではない」と、いつも自分に言い聞かせていた。新たなキャンペーンを考案することもなく、社員の反発を招かない程度に販売目標の指示を出し、ごくろうさんと言っていれば良かった。ただし、同業他社の製品に対する客の反応と、自社製品をめぐるトラブルには神経を使った。派遣先の店舗の経営に関する情報だけは素早く支社に上げるようにと、しつこいほどに指導していた。それは彼が本社を強く意識している証左に外ならない。自分の勤務評定を心配するからではなく、つまらぬことで上役から問いただされる不愉快を免れたいという一心からだった。

派遣さんたちは蕎麦屋の四人掛けのテーブルを何ケ所かに分かれて占拠している。その多くが店の名物メニューである板そばを楽しんでいた。隈本は蕎麦を吸い込む彼らの唇が、次第に色つやを薄めていくのを見逃さなかった。

支社での講話から数日が経ち、日曜日を迎えた。ついに、決行の日が来た。鳩への餌付けは当初の計画を延長して入念に行った。今やガラス戸を開けるだけで、こちらの計画を知らぬ鳩どもはベランダの床に下りてきて、ひしめき合いながら、朝食の餌の配布を待ち構えるようになっていた。

隈本は白いマスクをして室内で新聞紙を広げ、その上にスミチオンの小瓶を置いた。ごく一般的な殺虫農薬として、損保会社の中村が教示してくれたものだった。その言葉通りにスーパーの日曜大工コーナーで容易に見つけることができた。

菓子類を袋から新聞紙の上に放り出し、一個一個にスミチオンの液体を滴らせていった。鼻孔の奥が酸っぱくなるような匂いを感じたが、あえて気にせずに作業を続けた。

ベランダに出た隈本は、まずはいつも通りに無毒の菓子を撒いた。そのあとで、農薬入りのものを割り箸でつまんではベランダに投げ出した。鳩どもの嬉しそうな食事は佳境に入っている。その背中は、いつものようにつややかな灰緑色を発していた。

彼は街に買い物に出た少女のように胸をときめかせ、鳩どもの姿を見守った。特にくちばしの部分の目まぐるしい動きに目を凝らした。だが、落胆するのに多くの時間を要しなかった。鳩どもは農薬入りの餌をつまみ上げることもなく、ほとんど一瞥すら与えずに通り過ぎるのだった。そして、毒が入っていないポップコーンやエビセンのかけらを黙々とついばんでいた。怪しい食べ物とそうでないものを選別するのに、鳩たちがいぶかしむ様子すら見せなかったことが、隈本の自尊心を大いに傷つけた。ベランダの床には、まったく相手にされなかった農薬入りの菓子だけが残されていた。

周到に積み上げたはずの作戦が、敵をおびえさせる効果すら発揮することなく、空しく終了したことに彼は挫折感だけを深めた。その一方で、鳩たちが毒を体内に入れることなく時間が過ぎたことに、安堵している自分を見つけていた。それが実に不思議な感情だった。

その日、隈本は鬱屈した気分を転換するために、近くの小高い丘にでも登ろうかと思ったが、出発をためらう内に出遅れた。打ちひしがれた思いをひきずりながら、部屋の中を片付けたあと、商店街を歩いて時間をつぶした。

　夕方から酒を飲みたいと思ったが、かげろう屋は日曜が定休日である。自分でウイスキーの水割りを作るほかなかった。アルコールが体の中を回ると、ゆったりした気分になった。自分の病的な思い付きが他の生き物を傷つけることなく、一定の結末に至ったのだと考え直すと、却って気持ちが落ち着くのを覚えた。


　それから一週間が過ぎた。季節は動いており、昼食に出かける時に、ワイシャツの腕のあたりを流れる空気が冷ややかに感じられた。夜は虫の声がマンションの下の草むらから聞こえてくる。羽を擦り合わせて鳴くこおろぎの姿を思い描きながら、隈本は形のいい月を仰いだ。

　単身生活になってから気付いたのは、自分が季節やその日の天気に多くの関心を払いながら生きているということだった。外出の際、手のひらで大気の湿り具合を感じようとするのが、いつからか彼の習慣になった。

　隈本はこの地方の秋の訪れを、自分のものとしてしっかり感じ取ってみたいと思った。そのようなことを言って中村に同行を提案し、旅行雑誌で名を知られた旅館が企画する山旅の催しに参加することにした。

次の日曜日、早朝に駅前から出発する小型バスに隈本は乗り込んだ。中高年ばかり十人の客とリーダー役の旅館の主人、そしてサポートしてくれる若者ら計十五人が同乗していた。山中で一泊して湖のほとりに下山すれば、またバスが迎えに来てくれる計画だ。それは登山というよりは行楽という方がふさわしい安直な山旅に思われた。

登山コースはその昔に白装束の修験者らの休息地だったという小さな集落から始まっていた。白い飛沫を上げて流れる沢を踏み越えて歩いた。美しい渓谷に架かる古い木橋を渡り、パーティーは森の中へと入っていく。やがて東北地方に特徴的なブナ林が始まった。

一様に根元が曲がった太い幹の姿が、隈本を感動させた。雪に抗って屈折しながらも、大木に成長したブナの一本一本に雪国の厳しい自然の力が刻印されている。

木々の葉はすでに色付き始めていたが、山全体としてはまだ深い緑色に覆われていた。背の低い木々の葉は黄や赤に薄化粧しており、それが天然の広葉樹林の大きさと奥深さを引き立てているように見えた。

隈本が興味を覚えたのは、リーダーが解説してくれるガマズミやオオカメノキ、そしてナナカマドがつけている赤い実だった。自然の発色の多様な素晴らしさに接し、化粧品を売る会社の一員である職業人としての自分のテーマが、色の世界の中にあることを改めて感じた。人が作り出し、身に着ける色とは何か。それはやはり、自然の華やぎと共にありたいという原始時代からの欲求のあらわれなのではないだろうか。女たちが唇に差す一点の紅色の中に、ヒトが歩いてきた道程があり、時を超えた情感がこもっているのだと思った。

一行はゆるやかな歩程を維持していたが、山道を登り始めると息が切れた。食料も水も燃料も若者たちが背負ってくれている。衣類と寝袋とカメラ、双眼鏡、それに非常食と健康飲料しか入っていないのに、ザックがやけに重く感じられた。第一、自分がこんなにも汗をかく体質であったことに驚く思いだった。

リーダーが鉈を使って登山道の脇に生える雑木で杖を作ってくれた。三本の足による歩行が随分と自分を楽にすることを思い知った。あえぎながら銀玉水と名付けられた水場にたどりつき、仲間と共に口々にその味を賞賛し、たらふく飲んだ。

彼は山に入ることによって、自分が人生というものを考える時間を与えられたことを感じた。有名大学を目指して早くも受験勉強に取りかかったという高二の長男、甲子園を夢見て野球に熱を入れる中二の次男、ピアノのレッスンとたたかう小五の長女、そして亭主をあまり敬わないものの、病院の経理係として働きながら巧みに家計を切り盛りする妻。彼らはかけがえのない共に生きるパートナーであり、それらを抜きには自分の人生は考えられなかった。彼らが生き生きとした日々を重ねて成長することが、自分の確かな喜びであった。

では、自分自身にとっての成長とは何なのか。それは会社における仕事や役職とは別のところにあるはずだ。しかし、彼の思考はどうしても労働を通じて社会に関わることと結びついてしまう。そこから抜け出せないことから迷路に入ってしまうのだった。

弁当を済ませてから二時間ほどで、山行の計画で休憩地点に予定していた山小屋に着いた。リーダーの指示によって小屋の入り口近くに荷物を積み、サブザックだけを持った全員が三角点のある山頂に登った。

「電柱のない大きな風景というのは、いいものだな」

標識柱の立つ頂上で、隣の石に腰を下ろして煙草を吸っていた中村が言った。

「日本海まで見えるのには驚きました。来て良かったと思います」と隈本は答えた。

雲は低く垂れ、空も青くはなかったが、多くの山々を見渡すことができた。海の方角だけは地平線まで透き通って見えているのが不思議だった。眼下には稜線がくっきりと筋模様を描き、ごつごつした岩を露出させた谷間の奥にある緑の中に、点を落としたような紅葉が見られた。そして明日行く予定のコースの彼方に、衝立のような大きな山が霞んで見えた。

「ところで、君の宿敵の鳩君たちはどうなった」と、中村が聞いてきた。

「あんな連中は相手にしないことにしましたよ。人生の敵は無視するに限ります。撃退しようと思えば、泥沼のような闘いがあるだけです。向こうも必死で生きていますからね」

「ずいぶん悟ったね。まずは休戦というところだ。良かったじゃないか。双方とも生き物だからな」

　中村はどちらにも与しない審判でもあるかのような口振りで、両者を対等に見ているようだ。それが隈本には大いに不満だったが、この場で怒ってみる気もせずに黙っていた。

「飲むかい」

　中村が銀色のウイスキーボトルをポケットから出し、蓋をとって隈本の顔の前に突き出した。隈本は「もちろん」と言って受け取った。喉の中を熱い塊が通り過ぎていき、彼は自分がこの山旅の情緒を確かなものとしたように感じた。

　実のところを言えば、鳩どもを決然と無視することなど、できようはずはなかった。農薬を用いた作戦に失敗してからはまったくの手詰まりになっている。残された敗北感と積もる憎悪のなかで、彼は耐えているに過ぎない。

　もっとも毎朝たたき起こされることには、次第に神経が馴れてきていることも確かだった。

「ああ朝が来たな」という思いで鳩どもの起こす騒音を聞く自分が布団の中にいた。人生の煩わしい事柄に対し、当初は自分の持つ合理によって対処しようとするが、やがて不条理を許容せざるを得なくなる。そんな情けなさが鳩との付き合いの中にある。

鳩たちが自分の人生にとって「業」のように思えてならい。煩わしきものと共存するための間合いの設定が、いま自分に求められている。彼は鳩に憑かれた自分を、何とも苦々しい思いで眺めるのだった。

山行リーダーの言葉によれば「距離を稼ぐ」ために、一行は夕方まで歩き続けた。そして、たどりついた稜線上の山小屋で宿泊することにした。

何種類かのいびきが互いに呼応するかのように山小屋を満たした。音が耳の中にこびりつき、隈本は眠れなかった。この山旅のために新たに買った

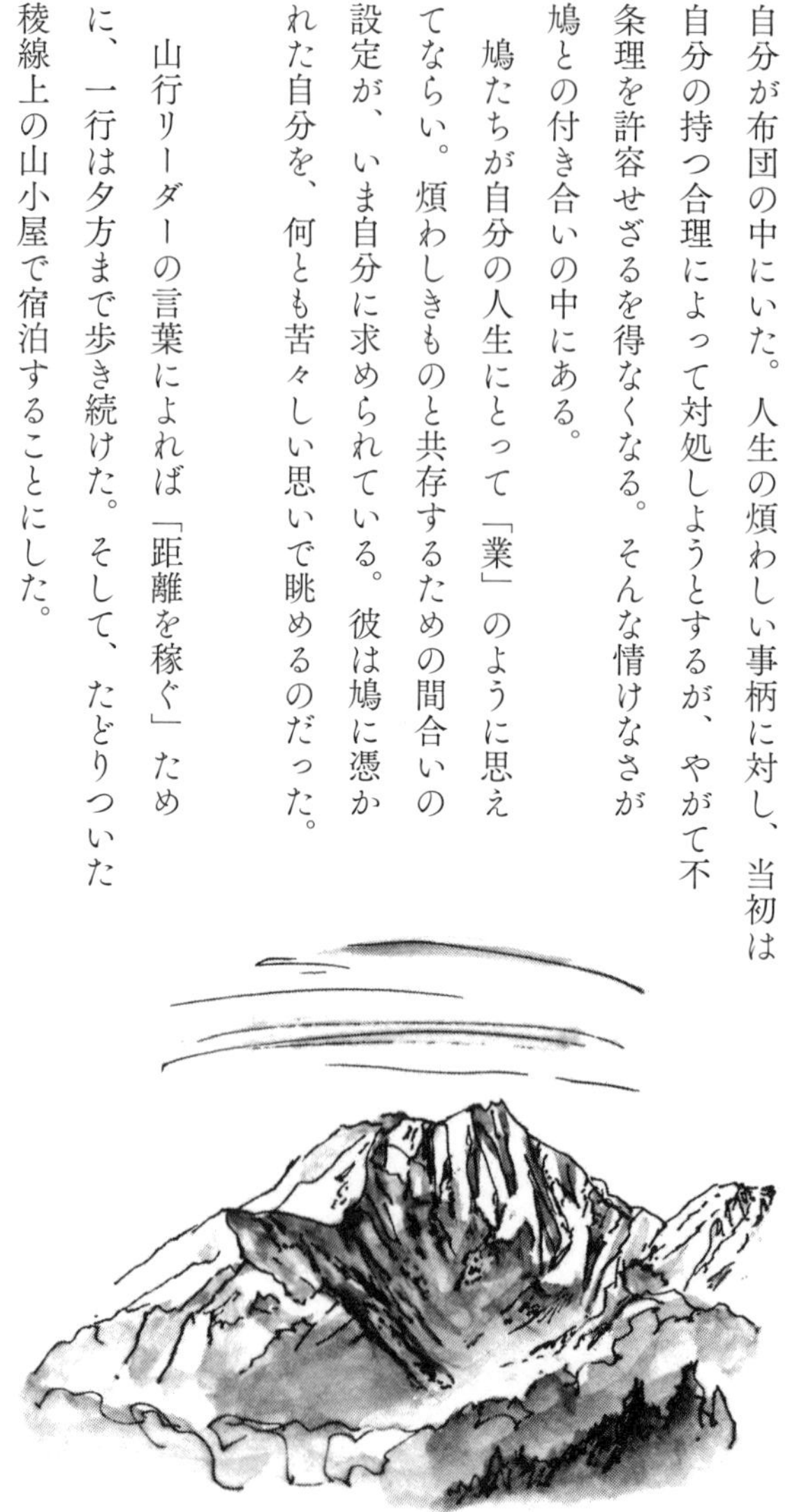

寝袋の中で、「早く朝になってほしい」と思うばかりだった。しかし、次の日の朝飯の時の会話で中村は「君のいびきが一番たくましかった」と、隈本にはあまりにも心外なことを言った。

早朝に出立した一行は、足早のペースで山塊の主脈である稜線をたどった。露に濡れた紫色の花がきれいであり、それが毒草として名高いトリカブトであると知らされた隈本は、自分と鳩どもとの闘いを連想せずにはいられなかった。

長い下山コースに入って間もなくのことだった。小さな虫の群れが自分にまとわりついてきた。両手で払っても払っても、彼らは隈本の口や耳、目のあたりを執拗に飛び続ける。一列縦隊で山を下るパーティーのなかで、なぜ自分だけが狙われるのか分からなかった。やがて耳の一部が痛くなり、触ってみると熱を発して腫れていた。もうこれ以上は刺されたくないという思いから、彼は自分の顔を叩いたり、すぼめた口で息を噴き出す動作を繰り返し、執拗な虫の攻撃から逃れようとした。

その時である。濡れた岩を踏もうとした右足の登山靴がわずかに滑り、左の方へ反るように曲がった。瞬間的に激しい痛みが走り、隈本は「むっ」と苦痛の声を発した。

ほかに手立てもないので、彼はその場で足首をいたわって軽く回し続けた。サポートの若者が「大丈夫ですか」と声をかけてきた。

「いや、ちょっと空足を踏んだだけだ。歩けるから大丈夫」

そう答えたものの、右足の調子は元にもどらなかった。

それから隈本は熱くて重いものを引きずるようにして歩き続けた。他の者よりも大きく遅れ、やっと下山口までたどりついた。迎えの小型バスに乗り込む時、その痛みのために顔がゆがみ、粒にならない汗が額を覆った。

救急看護の知識があるというリーダーの手当てを受け、テープで足首を固めてもらった。旅館に着いて入浴する際は足を温めないようにとの注意を受けた。中村は心配そうな顔付きで、手当てを受ける隈本を見ていたが、「あれだけ歩けたのだから大丈夫だろう。生ビールでも飲んで早く寝ようぜ」と、気楽なことを言った。

「もちろんですよ。これが飲まずにいられますか」

隈本が答えると、バスの中に笑い声が広がった。

体を洗ったあと、足首を湯船に入れずに風呂につかるのは至難の技だった。不自然な姿勢によって、水面からふくらんだ腹が出る。中村はあわれそうに顔をゆがめ、何も言わなかった。

晩さんを共にした後、山行パーティーは解散することになっていた。旅館の主人があいさつの中で隈本の負傷に触れたため、彼は恥ずかしさで身が縮む思いだった。旅館から最寄りの鉄道の駅へと向かうバスを玄関で送り、彼だけが旅館に一泊した。

（四）

次の朝、旅館のバスが隈本をY市内の病院まで運んでくれた。診察の結果、単なる捻挫であり、十日ぐらい運動をせずに湿布していれば治ると医師は言った。会社には休むと連絡した。無理をして働くほどの義理はない。仕事は溜まるが、結局は自分で処理しなくてはならないのだ。

電話に出た総務係には足の負傷のことは告げなかった。うわさ話のネタにされるだけだと思った。彼は〝風邪〟を理由に休暇を取り、終日、自宅で寝たり起きたりしなければならなかった。湿布薬がじわじわと足の中に染み込んでくるのを感じた。

ガラス戸の外から、いつものように鳩どもの羽ばたきの音が聞こえてきた。しかし、彼の気持ちは足首の負傷のことで支配されている。隈本は彼らの喧騒に意識を捉われないようにつとめた。

彼は読みかけだった時代小説を開くことにした。そのY県出身の作家の書くものには雪国の風物や人情が巧みに描かれており、転勤以後、特に身近なものに感じられていた。江戸時代の藩を舞台にした権力争いや斬り合いが語られても、しっとりとした読後感があり、それはいかにも大人のための小説と思われた。

読書の時間が取れたことは予期せぬ負傷の副産物ともいえ、彼は小市民らしい幸福感に浸った。好みの西部劇の主題曲をテープで聞きながら頁をめくり、少量のウイスキーを口に含んだ。本を閉じるたびに、人が生きること、その成長とは何なのかというようなことをしきりに考えた。

四十代の半ばを過ぎてから、様々な事柄を落ち着いて見つめ、考えるようになった。社会人としての経験を積んだだけではなく、生物としての人間にとって肉体の劣化が、思考に大きな影響を与える。その結果なのではないかと、彼は考えている。

——自分の力で繁殖できることが生物の定義であるというが、自分が新たに子孫を残すことはもうないだろう。自立できない子供たちを育てている期間は、広い意味では繁殖期に入るのだろうか。細胞の老化は次第に進み、その果てには死がある。繁殖の意欲を失ってから、むしろ人間としての精神世界が深まるということは、生物性と精神性は共存しながら、互いに別の方向を探っているものなのだろうか。

鳩どもが野生を失った状態でいるのは、人間によって繁殖のリズムが狂わされたからである、と隈本は考えた。

——彼らは人間によって過剰な餌を与えられ、本来は限定されていたはずの繁殖期間を超えて卵を産まざるを得なくなったのだ。

その結果、彼らは人間に依存し、人工物の中に安息地を求め、やがてそれを嫌った人間から敵視されるようになったのだろう。

敵としての彼らの性格をじっくり考えると、それが人間によって作られたものであることに気付く。彼らは野鳥としての本来の性格から疎外されている。彼らも哀れな奴なのだ。

隈本の思考は鳩をめぐって行きつ戻りつした。それが情けなくも、少しはおもしろくもあったが、鳩の中に埋没し窒息しそうでもあった。「何か別のことを考えるべきだ」と、彼は自分の思考を別方向に誘導するようにつとめた。

隈本は鳩に占拠されたベランダとは反対側の窓から外の景色を見渡した。大きな筋雲がかかった青空の彼方に、昨日までの山旅の行程が反芻された。

これから時を刻むように、山々は色付いていくことだろう。山の空気はなぜ、あのように澄んだ印象を自分にもたらすのか。それは水と木々、山に生きる生物たちの力が結集した産物だ

からに違いない。

――明日は会社に行ける。早く足のけがを治し、仕事を黙々とこなそう。休暇をがっちり取り、そして東北地方のまだ行ったことのない山に次々に登りたい。

その時だった。ピンポーンという音が鳴り、来訪者のあることが告げられた。隈本は右足をひきずりながら、玄関のドアを開けた。ズボンの膝から上がふくらんだ作業服姿の男が立っていた。

その男が告げるところによれば、隣人つまり隈本が見たことのない女性の部屋のベランダでこれから軽い工事に取り掛かるという。「少しうるさくなるので挨拶に来た。平日なので誰もいないかなとは思ったが、やはり訪ねてよかった」という意味のことを、男はこの地方の言葉で言った。

隈本は承知し、すぐにドアを閉めた。自分の取りとめのない思考に早く立ち戻りたかったからである。しかし、ベランダでの工事とはいかなる目的かを聞くべきだったと、すぐに後悔した。それは鳩に関連していることなのかもしれない。彼は隣室の動静に耳を傾けた。

彼の耳にやがて「ヒヤーッ」という驚きの声が、笑い声とともに聞こえてきた。彼は戸を開けて、サンダル履きでベランダに出た。作業服の男は、隣家の女性に話しかけているようだった。「よく我慢していたな」と言いながら、金属製の物差しを動かす音が聞き取れた。しばらくしてコンクリートに穴を穿つドリルの音が伝わってきた。

隈本はその工事の進み具合に注意し続けた。作業が一段落した頃合を見はからい、首を突き出してのぞくと、赤いプラスチック製の網が隣室のベランダを覆い始めていた。

「あのう、すみません」と、隈本は意を決してから、隣の部屋に声をかけた。

「その網をこちらにも延ばしてもらえませんか。工事のお金はもちろん、お支払いしますので……」

手を休めぬまま対応した作業服の男は、「それは名案だ」と答えてくれた。そして、網は十分な長さがあるが金具が足りない、しかし、あるだけ使ってやってみる、工事の代金はこちらの家でもらうことになっており、一応のあいさつをするか、後でお礼をすればいいのではないか、という意味のことを言った。工事に立ち会っているらしい女性にも隈本の依頼の内容を伝え、話をつけてくれているようであった。

隈本は「今からそちらにうかがいます」と言って着替えようとしたが、その直後に作業服の男がベランダ越しに顔をのぞかせた。「彼女は会社の昼休みに自宅に戻っているので、今すぐに戻らなければならない、話は分かったのでわざわざ来るには及ばない」という旨を伝えた。

隈本はベランダ越しに丁重に礼を述べた。これまで会おうとして会えなかった女性が顔を見せ、

「こちらこそ、長いあいだ放っておいて、ご迷惑をかけました」と短く言い、すぐに自分の部屋の中に姿を消した。驚いたことに、隣人はこれまで彼が勝手に想像していたような容姿ではなく、二十代と思われる丸顔で短髪のお嬢さんだった。

鳩による被害意識が高じるあまり、女性の姿を自分が最も好ましくないと思うタイプに描いていたことを彼は恥ずかしく思った。一種の偶然から自分の部屋のベランダまで延長された工事は簡単に終わった。コンクリートの壁から網をかけることなど至難の技である、彼は思っていたが、特殊な金具を用いることにより赤い網がたちまち視界を覆うようになった。しかも、それはカーテンのように開け閉めすることも可能な、すぐれた構造だった。

鳩がベランダを基地にすることは、もはや不可能になった。しかし、彼らは飛来することをやめたわけではなく、網の外で羽音を立て続けていた。時々、プラスチック製の網に向かって突進してくる奴がいるが、足場が安定しないために留まることができない。別の着地点を探そうにも容易ではない風がうかがえた。隈本はわずかなきっかけから、日常生活の宿痾ともいえる問題が氷解しようとしていることに驚く思いだった。

――足をけがして部屋で寝ていなければ、その機会を失っていたかもしれない。

彼は「人間万事塞翁が馬だ」などと、やや場違いな譬えを口ずさみながら、自分の幸運が大きな手柄のようにも思え、頬がゆるむのを感じた。

医師から酒は飲むなと言われてはいたが、午後五時を過ぎると自転車でかげろう屋に出かけていった。

店はいま開けたばかりの様子だ。ママがアルバイトの女性二人にさかんに指示を出し、煮物料理を乗せた皿類を整えていた。隈本はいつものカウンター席に座り、水割りを注文した。

「どうしたの、今日は早いのね。ナカちゃんと山に行ったんじゃないの。もう帰ってきたの」と、ママは矢継ぎ早に聞いてくる。しかし、その気持ちは開店準備の方にあり、愛想で話しかけてきているに過ぎないことが露骨だった。

隈本は山行のコースを簡単に説明し、同行の中村は下山した日の夜遅くに帰ったが、自分は足がちょっと痛むので旅館に泊まったことを告げた。

「さては無理したたな。もう歳なのよ、気をつけなさい」

かげろうママは笑いながら言い、アルバイトの女性にも相槌を打つように促した。隈本は最低限の情報をママにインプットすることで、自分の負傷が尾ひれのついたニュースとなり、一人歩きすることを防げたのではないかと考えた。

彼は焼き茄子を注文し、熱で踊っている鰹節の匂いを楽しみながら口に運んだ。生ビールからぬる燗の酒に切り替え、さらに切り干し大根の煮物を頼んだ。その浸み込んだ汁の風味を味わいながら杯を重ねた。

顔見知りの客が次々と入ってくる。そのたびに短い世間話を交わす。隈本と中村が共に山に行ったことは知られており、彼らは自分が登山した際の体験談や、旅を企画した旅館についての知識を披露しては、すぐ話題を変えた。

七時過ぎに背広姿の中村が「おっす」と言って、暖簾をくぐってきた。隈本の顔を見るとちょっと驚いたような表情をつくり、「どう？　大丈夫だったか」と話しかけながら、カウンターの隣の席に座った。

「すみませんでした。一晩寝たら、楽になりました」

「心配したよ。職場に電話したら、有休だって言うし。病院へ行ったかなと思った」

「いや、そこまでは……。十日も経てば治り、後遺症も残らないでしょう」

「バスの中で顔が青ざめて、額に脂汗を浮かべている時はどうしようかと思ったぜ」

ここまで会話したところで、中村は「ねえママ、山でクマちゃんは……」と声のトーンを上げようとした。すぐに隈本は手で制し、「ママには、その話はすでにしましたから」と中村に言った。

彼は酔いが回らぬうちに店を出てマンションに戻った。東京の自宅に電話すると中二の次男が出た。九月の第四週の土、日曜日に学園祭が開かれるが、自分のクラスは「白雪秘め」というパロディ劇をやるので、ぜひ見に来てほしいと言った。

「よっし、分かった」と隈本は快諾した。野球ばかりやっていると思っていたが、学年委員としてまとめ役を果たし、劇の練習も指揮しているという。背こそ長男ほどには伸びないが、次男もがんばっているのだと思うと、父親の気持ちとして浮き立つものがあった。

山から帰ってから一週間が経った。まだ右の足首の湿布を取れない。違和感が去らず、階段で力を入れると軽い疼きを覚えた。しかし、蕎麦屋に行くにもかげろう屋に行くにも不自由はなく、管理職の挙動に冷ややかな視線を注ぐ職場の部下たちにも気付かれることはなかった。

季節は急速に巡っている。夜になると肌寒さすら感じるようになった。月は日ごとに冴えて見える。河原から聞こえてくる虫の音のなかに、金属を叩くような鳴き声が混じる。隈本はその澄んだ音の種類を聞き分けるのが一つの楽しみになっていた。

明け方に鳩の騒音で悩まされることは、もうなくなっていた。時々、近付いてくる羽音が聞こえることはあったが、それも長続きすることはなかった。

鳩の集団のために神経がかき乱された月日は何だったのだろうか。コロンブスの卵ではないが、簡単な工夫によって問題は解決されるものだった。それが不可能だったのは、自分の知恵が足りなかったというほかはない。

――仮にここに家庭があったならば、このようなトラブルはたちどころに解決方法を見出していただろう。妻子と同居していないということが、世間の煩わしきものへの自分の対処の速度を大幅に狂わせている。家庭を守るという動機が失われていることが、自分の機転の可能性を狭めている。

しかし、煩わしきものと自分との距離の中に、自分の社会性を分析するカギのようなものがあることも分かった。それは、自分の中にある病的な神経や、ものごとに対処する性癖を浮かび上がらせた。そのことが隈本には興味深かった。

風に肌寒さを感じるようになった、ある夜のことである。かげろう屋から帰った隈本は、背広を脱いだ時に今まで聞いたことのない種類のはばたきの音を聞いた。バサバサッ、バサバサッといっては止まり、断続的に続く。しかし、その音が一か所から動く気配がないことが不思議だった。

いぶかりながら彼はベランダの戸を開けた。その時、一羽の白い鳩が、顔と腹をこちら側に向けた姿勢であばれているのを見た。網の赤い繊維が片方の足に何重にもからまり、鳩は自由を失っているのだった。

隈本は、その不様な姿を真近に寄って凝視した。付近に仲間はおらず、その鳩だけが闇の中に取り残され、片足を軸に宙返りするような不様な姿をさらしていた。

隈本はしばらくの間、孤独な鳩の姿を見つめていた。やがてそれが煩わしきものと苦闘してきた、自分自身の姿を写しているかのようにも思えてきた。そして、憐れみよりもむしろ残酷な衝動がわき起こってくるのを覚えた。

彼は机の上のペン立てから新聞切り抜き用の小さな鋏を取り出すと再び鳩に近づいた、そして、網にからまっている白い鳩の赤みを帯びた足に、その鋏を押し当てた。その先端は鋭く内側に曲がり込み、野に生きるものの厳しさとたくましさを残しているように見えた。

彼は閉じたままの鋏で、網の目から出ている鳩の長い爪先を叩いてみた。それはコツコツッという小さな音を発し、いかにも華奢な感じであった。

隈本は右手の親指と人差し指で輪を作り、勢いをつけて鳩の体を弾いてみた。不思議なことに鳩はまったく暴れなかった。彼は、「こいつめ、こいつめ」と声を発しながら、しばらく同じ動作を続けた。いたぶられることを享受するかのように、鳩は依然として無抵抗だった。

彼は鋏を小さく開いた。頭の隅でパチンという爪を切る時のような音が響き、確かにそれを聞いたような気もした。しかし、それは一瞬の妄想であり、実際には彼はプラスチックの繊維を指でほぐし始めていた。その網の輪の中に鋏を入れ、繊維を切って捕虜を解き放とうとする自分がいた。パチン、パチンという音をさせて、何か所か網を切った。指が鳩の体に触れ、人よりも温かく流れている血を感じた。

彼は鳩を束縛しているものをほぐして取り除き、丸々とした体を両手で注意深く支えた。そして、軽く闇の中へそっと押し出した。自分の中の敵意が消えていることに気付いた。

鳩は自由を得た途端に、それまで貯め込んでいた力で闇をかき回すかのような仕草を見せた。ばさばさという翼の音を発して闇の空間に飛び出すと、いったん落ちかかりながら、すぐに姿勢を立て直した。そして、夜の底を斜めに横切って彼の視界から消えていった。

（了）

地図の中に吹く風

（一）

単身赴任で勤務していた頃は、盆地の空がいかにも窮屈で息苦しく感じられたものだった。しかし、東京へ引き揚げてからしばらく経つと、その安定した狭さが懐かしくて仕方ない。夏でも多くの雪を残していたアスピーテ型の山、その後方に広がっていた薄水色の空、気品のある石垣に囲まれた城跡の濠……。できるなら季節の折々に休暇を取って泊まりがけで出かけていきたいと思うのだが、実際にはそんなに小遣いに余裕があるわけもない。

松島達夫は自宅の物干し台から初夏の東京の空を見上げていた。Y県の風物の何が自分の心をそんなにとらえ続けるのかと自問する。「水と緑が……」という月並みな言葉しか即座には浮かんでこない。二年半の勤務の間に良い仕事にめぐり会うことはなかったし、ロマンスがあったわけでもない。ただ、アクセントが強い四季の中をさらさらと小川のように流れていく時間が、孤独を噛み締める自分を妙に落ち着かせてくれた。今になってそれが、いかにも貴重なものとして思い返されるのだった。

松島が建設会社のY県営業所長の任期を済ませて東京本社に戻ってからすでに一年半が経って

いる。この間、当然のことだが新たに担当する総務部の仕事の内容を覚えるのに忙しかった。転勤する以前と比べると会社の予算管理はかなり厳しくなり、支出の全般にわたって切り詰めが行われていた。

改めて自分の身辺を見渡せば、自宅の庭も公園の樹木も自動車の排ガスでくすんでいる。会社の行き帰りに片道一時間半も電車に揺られる毎日がいかにも不合理に思えた。泥酔して帰宅する際に支払うタクシー料金ほどばかばかしい出費はなかった。

会社の仕事に熱中しているわけでもないのに、いつも寝不足が解消されなかった。最近ようやく自分の内部に平常心が回復してきたように思う。それは要するに、生来の怠惰が前面に出て、仕事との間に安定した距離を見つけることができるようになったからなのだが。

単身赴任の間に募らせた家族と共に暮らしたいという願望も、冷静に考えればインフルエンザに罹っていたようなものだ。その時は早く治して働きたいと焦るが、回復すればもっとゆっくり蒲団の中で休んでいたかったと後悔する。そういう感情に似ていた。夫の帰還後、機会あるごとに「家庭生活の落ち着いたペースを乱さないでよ」と主張する妻は、日常生活の些事にどこまでもうるさくなった。彼女が夫を待ち焦がれている、と考えたのは勝手な誤解であったことを松島は思い知った。

細君の管理下で亭主が自由に使える金は大幅に減った。日曜日の楽しみの競馬新聞すら破られてしまうことも度々だった。おまけに、大学生と高校生の子供たちは、自分たちの成長ぶりを誇示するかのように一向に親の言うことを聞かなくなった。

自分の頭の奥から発せられる「ああ、つまんねえな」という独白を、彼は何度も自分の耳の底に聞く。そういう時、決まってY県の山々のたたずまいや、祭りに集う人々の華やいだ表情が思い出された。

松島は休日の午後を過ごす物干し台に、いつの日か二枚の茣蓙を敷くことを覚えた。Y県の森林組合から取り寄せた丸太の椅子を出し、そこに座ったり茣蓙の上に寝転んだりしては競馬新聞を眺めている。

松島は物干し台にいる時、この十年間ほどの間に世間と自分との間に起きた変化について考える。建設市場はみるみる内に縮小し、熾烈なコスト競争に明け暮れるようになった。どこの建設会社もバブル経済の負の遺産によって痛み切ったバランスシートに苦慮している。約一万人の従業員がいる松島の会社は、経常利益が九〇年代の初頭に比べて五分の一にまで減った。投資家の熱もすっかり冷め、株価は八分の一にまで下がっている。

単身赴任中、松島には「業務成績の不良のために東北地方に飛ばされた」との思いが強くあった。しかし、本社に戻ってさらに給与が下がり、会社に対する自分の思いと処遇との間の余りの落差に驚くほかはなかった。

不況が個々の社員の日常生活にも大きくのしかかっている。松島の会社では正規の従業員だけで十年間で五千人も減っていた。かつて一世を風靡した「箱モノ第一主義」はすっかり消え失せ、建設業界は顧客のニーズをよく見極めねばならない「スペックの時代」に入ったといわれていた。

――俺もあと四、五年のうちに関連会社への出向を命じられるはずだ。

松島は日ごろからそのように自分に言い聞かせている。そんな事態がいつ来てもいいように、心積もりだけはしておかなければならない、といつも思う。

振り返れば四十代の前半まで、仕事はおもしろくて仕方なかった。駅前の再開発や団地建設の現場で働き、各セクターの利益を調節しながら現業部門と一緒になって汗を流した。空の中に巨大な建造物が姿を現していくダイナミックな瞬間を、自分がいま作っているのだという自覚が何ともいえぬ快感だった。

――そんな仕事は、もう回ってこないだろう。同期入社の者たちの出世競争は、あらかた片付いた。俺はゴルフなんかやっている場合じゃない。自分は何を生きがいとして残る人生を歩んでいくべきか。それを見極めなければならない年齢なのだ。

しかし、名案はなく、松島は考えるほどに鬱屈した気分になった。剣豪小説を開いても読み続けられない。散歩に出るのも億劫だ。彼は閉塞感から逃れるようにしてラジオの競馬放送に聞き入る。妻の厳しいまなざしを盗むようにして、携帯電話で投票券を購入する。手摺りのさびた物干し台に陣取るしかなかった。

「どう、戦績は？　今日もまた一勝十敗ですか。サラリーマンはつらいですな」

大学三年生になった息子が物干し台に顔を見せ、冷やかすような口調で話しかけてきた。彼は大学の剣道部の合宿所に寝泊まりし、たまにしか親元に帰って来ない。そのために却って家庭内の力関係の変化が如実に見えるらしい。高三になった妹の成長と共に、父親の存在感が乏しくなっていくことを彼は看破し、それが正しい状態ではないと思っている節がうかがえた。

「おっ、昼間からビールなの。こりゃ、もう駄目だな」

「考えるために飲んでいるのだ。芥川なんかの小説にもバットを吸いながら考えた、というような場面がよく出てくるじゃないか」

「芥川龍之介ですか。『羅生門』だよね。それ以外は読んでないから知らないな。昼酒を飲むなら飲むで、李白ほどの詩でも作ってみたら」

「俺は唯物論者だから、競馬に当たってエンゲル係数が改善される方がいい」

「偶然性に期待するマルキスト？　ユニーク過ぎるね。予の辞書にはありませんな」

　このような、他愛ない会話が松島の気持ちをくつろがせた。息子の知的向上ぶりを確認するようなおもしろさがある。「やはり家庭はなくてはならぬものだ」。だが、そう思った瞬間、自分に嫌気が差し、束の間の幸福感も遠のいていく。

――息子もやがて自分自身の甘えを克服しようともがき始めるだろう。父親は単に、唾棄すべき旧時代の価値の体現者と映るはずだ。子供たちが親から離れてゆく時に、自分はどのように対処するのだろうか。共に励まし合って生きるという意味において、妻にもたれかかるのだろうか。しかし、妻も甘くはないはずだ。残るのは書籍と酒……。それで、どれだけ自分の内部の寂寥が癒されるというのか。

　物干し台での思考はいつも自嘲的になる。休日の太陽が傾き始めている。下の階へ三本目のビールを取りに行ったりすれば、妻との間に不愉快なやりとりが生じることだろう。彼は煙草から上がる紫色の煙の行方を見つめながら、自分が取るべき次の行動の選択に迷っていた。

「お父さん、これ、読んだ方がいいんじゃない」

　再び物干し台に顔をのぞかせた息子が新聞のテレビ欄の裏側の頁を指で示していた。

「Y県のK競馬場がピンチだってさ。年内に閉鎖かもしれないって、書いてあるよ。世話になったんだから、応援に行ってあげたら……。最近ちょっと元気ないみたいだし、時には気分転換もいいんじゃないの」

息子は白い歯を見せ、いたずらそうに笑っている。とんがり始めた丸顔の中に、小学生の頃と変わらない表情が見て取れた。

「おう、サンクス」と言いながら、松島は片手を伸ばして新聞を受け取った。

（二）

「つばさ」はゆるりとK温泉駅のホームを離れ、六月下旬の青空の下を走り始めた。窓外に広がる水田が次第に速度をはやめて後方に飛び去っていく。青々と伸びた稲が、Z山塊を背景に整列している。その間から顔をのぞかせる水面が、いかにも清潔そうな光を放っていた。

白い浮雲が田に張られた水の上を素早く移動する。それはまことに伸びやかな眺めであった。

窓ガラスには歳ごとにむくんでいく自分の顔が映っている。彼は「田んぼの側に立って深呼吸してみたい」と思った。

一年半前まで勤務していた土地は、旅人として訪れてみるとまったく別の味わいがあった。再びY県を訪れる時は多分スキー客としてであり、その時は重い雪がこの水田風景を覆っていることだろう。彼は豊かな緑の彼方にある熾烈な冬を想像し、目の前にある夏の風景を心行くまで見届けておこうと思った。

さすがに、地方競馬を観戦するというだけの理由で休暇を取るのは気が引けた。彼はZ山塊の北側主脈を歩く山旅ツアーに参加し、Y市に下山してから隣町のK温泉に回り、そこで一泊した後に競馬場に足を向けることにした。日程をこなし、いま帰京する電車の座席にたどりついたことに大きな満足感があった。

経営危機が新聞の東京版にも掲載されたK競馬場には、意外に多くの人が訪れていた。サラリーマン小説で名を馳せ、数年前に鬼籍に入った作家の業績を記念する特別レースが行われていた。その作家の息子を東京から招いて追悼本のサイン会を開くなど、集客に工夫を凝らしている様子がうかがえた。

K競馬場を訪ねるのは三度目だった。Y県に赴任したばかりの時期に一度、東京に転勤する直前に一度、そして今回。門を入ると、レース結果を予想する新聞を売る女性たちの元気な声に迎えられた。小さなパドックの周りには食べ物を売る店がひしめいていた。割り箸に刺した玉状のこんにゃくを食べながら、パドックの鉄柵に体をもたせて馬を見る人々の姿はいかにも幸福そうだった。

松島はこの競馬場に特別な親近感を抱く。馬たちはパドックを周回しながら、跳ね上がったり、糞をたれたりする。そして、どの馬も一様にめんどうくさそうな態度でレース場へとひかれていくのだ。それは勤め人の日常を戯画化しているようで、実におもしろく思われた。馬と人との距離がこれ程に近く、またユーモラスな情景を見せる競馬場は他にはないだろう、と彼は思う。

観客席で彼の隣に座ったのは、つばの狭い帽子を目深にかぶった中年の僧侶だった。彼もまた温泉地の魅力の一つである競馬場の経営難に同情し、応援のために訪れたのだという。彼は雑談するなかで、平安時代に藤原道長邸で行われた競馬には天皇も皇太子もお揃いで多数の僧侶を引き連れ観戦した、と説明した。剃り上げた頭を隠しながら、馬券を検討する仕草に愛敬があった。

K市は月末までの観客数と売上実績を参考に、競馬場の存続期間を決める方針だという。累積で二十億円余の赤字を抱えてしまった小さな競馬場の廃止はすでに決定的である。不況にあえぐ世間の厳しさを象徴しているよう思われた。

競馬場の中央の広場には、動物をかたどった幼児用の乗り物が何種類か並んでいた。その上に梅雨の合間の青い空が広がっていた。赤鉛筆と馬券を握りながら喚声を上げる人々のはかない夢を乗せて、躍動する生命の集団が次々にゴールに駆け込んできた。

競馬場の奥にはZ山塊の尾根筋が見えていた。霧の中を歩いた火口湖の外輪山に沿う道やコマクサの見事な群落を思い返しながら、松島は人と馬と山々が交錯する眼前の風景を楽しんでいた。馬券は一枚も当たらなかったが、彼の気持ちは高揚し、何かがふっ切れたような思いになった。

そして今、電車は水田風景を貫いて東京までの距離をひたすら詰めている。自分でもまったく意外だったが、昔おぼえた俳句が口元によみがえってきた。

「青田見て佇つ百姓の心はも」

自分がそれを記憶していたことすら、彼には不思議に思えた。競馬場に行く前に立ち寄った文学館で、万葉仮名の歌を懸命に読み解こうとしたことが、自分の脳の回路に短詩の記憶をよみがえらせたとしか思えなかった。

田んぼの稲が順調に育っている。それを見ながら佇んでいる農民が安堵している、あるいは豊作の期待に胸をふくらませている。作者の意図はあまりにも単純で

ある、と思えた。

それは高校一年の古文の授業の時に、若い教師のNが黒板に書いたものだった。Nは俳誌『ホトトギス』に投句しており、青田の句はその主宰者の作であるとの説明があったと記憶する。

Nのやせぎすで丸い眼鏡をかけた姿が思い出された。末尾の「はも」は終助詞の重複利用によって深い感動をあらわす用例であり、「古典文でよく登場するので覚えておくこと」。Nはそのように説明した、と記憶する。

――それにしても、なぜ自分は高校時代に習ったこの俳句を覚えているのか。

これが今の世に詠まれれば、その味わいは随分と異なるものになるはずだ。青々とした水田を見て、減反の矛盾に怒りを覚える農業者の複雑な心境……。そんな社会派の作品として鑑賞される一面があるのではないだろうか。

高校生だった自分が何を面白く感じたのか、松島にはその記憶がまったくなかった。言語表現に対する人の記憶とは不思議なものである、とつくづく思った。

島崎藤村の「千曲川旅情の歌」の詩を中学校の教科書で読まされたときも、内容はくだらぬと思った。しかし、なぜかいつまでも「小諸なる古城のほとり　雲白く遊子（いうし）悲しむ」のフレーズを覚えていた。数年前に自宅の二階から夕景色を見ていたときに「歌哀し佐久の草笛」などと口ずさみ、自分でも驚いたものだ。なぜ覚えているのかをいぶかり、結論として短詩のリズムが記憶に果たす役割を思うほかなかった。

独り旅の車中のくつろぎの時間の意外性はこのような点にある。行き過ぎる景色を見て、脈絡のない感想に身を浸しているかのように思うのだが、実は変化する景色が櫂となり、過去の思考が詰まった胸の中のプールを撹拌している。そんな楽しさと怖さが、車窓にもたれる自分だけの時間の底に潜んでいた。

「つばさ」が東京に着くまで、彼は高校時代の記憶をまさぐった。私立の男子高校で、生徒の大半が中学からの持ち上がりだった。高校受験を経験しないことが後ろめたいような気持ちとなって、学年全体の倦怠感をつくっていた。

国語全般を担当するNは当時、三十代の前半だったと思われる。いつも自信なさそうな態度で教壇に立っていた。その講義は退屈だった。首をふらつかせながら「春は曙」などを語る口調が妙に陶酔的であり、時には不快を誘うまでに感じられた。第一、平安時代の文章というもののどこが魅力的なのか、松島にはまったくピンと来なかった。

生徒の多くが同じ感じを持っていたはずだ。机に伏して眠るのはまだしも、ひまつぶしに教室の中を徘徊する者もいて、授業として体を成していなかった。

ある時、Nは怒った。その顔は悲しみにゆがみ、屈辱感に耐えられないという様子だった。

「私だってシナリオライターを目指して猛勉強していた頃がある」

Nは目を伏せながら変なことを口走り始めた。その唐突さが生徒たちを驚かせ、クラスの中は静まり返った。

Nは、「やませ」と呼ばれる冷害が襲う東北地方の盆地の農家で育ったことを語った。姉が進学を断念して働きに出て、弟を国語教育で有名な私立大学まで進ませたのだという。彼は結婚して子どもが生まれてからも映画のシナリオを書いていたが、「高校の国語教師として恥ずかしくない自分になるため」にシナリオ試作を断念し、古文指導法の習得に精を出すようになった、と語った。

彼は何を言いたかったのか。要するに「若い頃は文学を志したこともあり、教師としては不出来かもしれないが、一生懸命やっているんだ、あまり露骨には馬鹿にしないでくれ」ということではなかったか。

しかしそれは、あまりに授業の内容と脈絡のない独白であった。怒り方も多分にいじけ過ぎていた。当初は聞き耳を立てた生徒たちも、やがて顔を見合わせてにやにやし始めた。ついには

「よく分かった。安心して授業にお戻りください」というやじも飛んだ。Nもさすがに自分の唐突さを恥じたようだった。怒りで青ざめていた顔が照れ隠しの笑顔に変わった。

授業のレールに戻ろうとして、Nがチョークに力を入れて黒板に書いたのが「青田見て」の俳句だった。この句を見ると郷里の水田地帯と父親の姿を思い出す、とNは言った。その時に教科書で扱っていた素材は忘れてしまったが、異様な雰囲気のなかでノートに書き留めた俳句だけを松島は覚え込んだらしい。

授業中に徘徊した生徒の一人であったことを今さら詫びるつもりはないが、同窓会でNを見つけたら次のように言ってやりたいと思う。 

——先生の授業は面白くなかったが、紹介してくださったフレーズの幾つかを覚えています。僕らに美しい日本語の何片かを記憶させたという点において、先生はやはり良い国語教師というものだったのではないでしょうか。

「つばさ」が東京駅に着こうとしていた。Y県への旅が自分の気持ちを幾分優しくしたなと松島は思った。彼はその気分を歓迎しながら、日本橋口への階段を下りていった。

（三）

日曜日の午後三時を過ぎ、八月の陽射しも幾分かやわらいでいた。松島は自宅の庭に水をまいた後、背広に着替えて電車の駅に向かった。

中学・高校生活を過ごした学園で同窓会の総会が開かれる日だった。役員人事を承認するぐらいで、特に議題があるわけではない。午後五時から始まるビールパーティーに出席することが、集まってくるOBたちの主な目的だ。彼が出席する気になったのは二十年ぶりだった。

電車を降りて改札口を出ると、三十数年前に通い馴れた道がそのまま目の前にあった。しかし、駅前の商店街は再開発ビルの中に取り込まれ、かつて草原だったところにはマンションが立っていた。夏の残照を浴びた大きな建物の群れは、少年時代を懐かしむ男に対して妙に威圧的だった。

彼は自分がサラリーマンとして長い間かかわってきた建設業界が、なつかしい街並みに何をしたのかを思わざるをえなかった。社会人としての誇りを持って続けてきた自分の業務だが、都市の景観から次々に心温まる風景を奪い去る側面もあった。普段の自分なら一笑に付すべき感傷であるが、通学路の変ぼうが自分の思いを屈折させていた。

松島は、意に沿わぬ地方勤務をようやく終えて東京に帰ってきたことを、同学年の者や美術クラブの先輩、後輩たちに知らせておきたかった。世話になった教師や先輩たちの死去の報に直ちに接することができるかどうかも、同窓会と自分とのパイプ次第である。そのようなことに気配りする年齢になったことを、最近改めて自覚するのだ。卒業年度を同じくする者たちは三年に一度は酒飲みの交流会を持っている。しかし、現役を退いた先輩たちや社会人になったばかりの後輩たちとも話ができるという点が、年次総会の面白さだった。

会合は新しく建設された武道場の三階にある食堂で行われた。教員の座席にはちらほらと知った顔があった。どの顔もしなびて貧相になっていた。松島はその一つひとつを見つめながら感慨にふけった。そして、国語教師のNの姿を探した。

驚いたことに、Nは同窓会の役員たちが並ぶ席に座っていた。聞けば、この春に高校の教頭になったという。松島は同期の者をつかまえて、Nの予想外の出世の経緯を質さずにはいられなかった。

役員の一人でもある同期生は「俺も信じられないのだが……」と前置きしながら、次のように説明した。

Nは三年前に校舎の建て替えの庶務担当を校長から命じられた。理事会の招請で文部省から天下ってきた校長にとって、彼は学園の歩みと同窓会の人脈に通じている便利な古参教員だったらしい。彼は建設会社との折衝や寄付金集めなどに手腕を発揮し、その事務能力を大いに買われた。そして、実績を評価されて教頭に昇任したのだという。

あいさつのために壇上に立ったNを見て松島はさらに驚いた。六十五歳は超えているはずだが、髪の毛が黒々としており、愛想笑いを絶やさなかった。決して堂々とはしておらず、相変わらずやせぎすで、生真面目な国語教師の面影を残していた。しかし、校舎の改築計画のあらましを述べる態度には、学園の隅々にまで目配りして、職員に号令する者の自信がうかがえた。

松島はNの表情を凝視しながら、高校を卒業して以来の月日を思った。定年を目前にして教頭職に就いたNの姿は、松島が抱き続けてきた教師の残像と比べて別人としか思えなかった。

白い布で覆ったテーブルを囲みながら、ビールパーティーが始まった。松島はNに近づいた。彼は松島の顔を見上げて「おう」と言った。

意外にも、Nの次の言葉は妙にていねいな「ご無沙汰しています」だった。彼は「少し、太ったかな。元気そうで何より」と言いながら松島のグラスにビールを注いでくれた。

松島は「青田見て」の俳句について、Nの記憶を質す気になった。「ああ、それは高浜年尾さんの句だな」と彼は言った。しかし、教え子がそれを覚えていることに特に心を動かす様子は見受けられなかった。

「そうね、あなたたちの前後の期ぐらいだったかな、黒板に俳句を書いて詠嘆の終助詞を解説したな。でも、やがて使わなくなった。今言われて、思い出したくらいだからね。最近は私も授業は週一回、高一の文学史を担当しているだけだから……」

「そうですか、授業は週一回だけなのですか」

「学校全体を見る仕事がだんだんに多くなった。これも仕方がないと思っている。自分としては、授業をしていたほうが楽しいのだけれど……」

「……」

松島は改めてNの顔を見つめ、黙ってビールを飲み干すほかはなかった。言おうとして胸の中に温めていた台詞も、ビールの味と共に胃の中に流し込んでしまった。

校舎の改築の計画もすっかり整ったという。夏休み入りと共に、一部の工事が始まっている。Nは先ほど壇上で語った内容を繰り返すばかりだった。松島の同期生の何人かの名を挙げながら、

「君にも相談しようと思ったのだが、私の出身地のY県に単身赴任していると聞いたし……。あそこは遠いからな。結局、君らよりもっと上の期のOBたちの世話で、T建設に幹事をしてもらってジョイントでやることになった」と、申し訳なさそうな表情で言った。

それは松島にとってあまりにも意外であり、不愉快な言葉だった。母校の改修工事を自分が勤める建設会社で受注したい、などとは夢にも考えたことはない。そのような目で社会人となった教え子を見ているNは、相当の俗物であるように思えた。文学青年がそのまま年老いた、ひたむきな教師像を勝手に思い描いていただけに、松島はNの変節ぶりを憎々しくすら思った。

松島は体育館の喧騒を離れ、一人で校庭に出ることにした。昔の習性で、革靴で校庭を歩くのに気が引けた。黒いアゲハチョウが誰もいない校庭を小旗のように揺らめきながら渡っていく。華やいでいる夏の薄い闇が彼の周りにあり、懐かしさが込み上げてきた。

校舎の敷地こそ当時と同じだが、建物もグラウンドの位置も、周囲の景観もすっかり変わり果てている。松島が卒業してすぐに改築が行われ、かつては近衛師団の将校宿舎だったという美術部の部室も、その並びの武道場も壊された。その跡に建った三階建ての校舎も、また新たな四階建てビルに生まれ変わろうとしている。

校庭を走った頃から今日までの歳月が、自分にとっても世間にとっても相当の長さを持っていることに、彼は改めて感動を覚えた。自分の子供たちがすでに大学生と高校生に成長している。そのことが虚構のようにも思われた。

松島がこの学園で過ごした六年間は、日本経済が右肩上がりに成長する時期だった。ベトナム戦争について、自分たちが何を知らされているのかに真剣な疑問を抱いた。このまま物質的な豊かさのみを追い続け、知るべきことを知らずに終わっていいのだろうか。大人たちが設定した路線のままに自分を駆り立てていくことが善なのか。多くの若者たちと同じように悩み、抵抗した。だが、それは単なる狼藉としてあしらわれるだけだった。何も生み出さない騒ぎの後、自分たちのエネルギーは急速に消沈した。憎んだはずの路線の中に、自ら積極的に吸い込まれていった。

彼は当時、よく授業をさぼっては部室で油彩のキャンバスに向かっていた。電車の中で英単語を覚えるかわりに、手帳に詩を書いていた。

何につけ模倣の時であり、髪を伸ばしたフォークグループの連中が、やたらに美しく見えた。彼は今も市川染五郎の「野バラ咲く路」やザ・リガニーズの「海は恋してる」を口ずさむことができる。名を知られた作家もフォークソングのために歌詞を寄せ、若者たちへの共感を大げさに示していた。ザ・フォーク・クルセダーズの「戦争は知らない」は寺山修司の作だし、エマノンズの「生きてるるのに」は川端康成の書き下ろしだった。

校庭の片隅に椅子があった。生徒が出したまま忘れたのだろうか。松島はそこに腰を下ろした。大人の世界への不信感が、懐かしさが込もった感情として呼び戻されてきた。

「……葉ずれせぬしじま／二人語れど／声は聞こえない／生きてゐるのに」。小説と同じように生と死の境界をもてあそぶような、川端のフォークの一節を思い出し、声に出してみた。それは校庭の薄闇の底でようやくにメロディーらしきものになり、あとは続くことなく消えた。

（四）

勤務先の高層ビルの八階から見下ろす御苑の森の緑が、やや色あせた感じである。松島は喫煙コーナーの丸い椅子に座りながら景色を見下ろしていた。九月に行われた会社の健康診断の心電図検査で、「心臓に不自然な細かい動きがあります」と指摘されたことを考えていた。

病気というほどのことではないが、体の異常であることは間違いないという。酒を慎むようにと言われ、定期的に検査を受けなければならないと申し渡された。

九月下旬の午後の空を行くカラスの群れが、煙草の煙越しの視界をよぎっていく。落日にせき立てられるように、その姿にはどこか余裕のない感じが漂っていた。

松島が東京の職場に戻ってから、ちょうど二年間が経った。世間の第一の関心は景気の動向にあり、経済新聞の紙上では製造業の投資額が前年よりもアップしたことが大きく扱われていた。しかし、建設業界の受注競争は公共事業への期待感から踏み出せずにいる。上向きなのは新築マンションの売り上げだけだった。

会社は次々に減量経営の方針を打ち出し、リストラを押しすすめている。企業が生き残れるかどうかは勤め人にとって死活問題だが、労働組合の活動はまったく生彩がなかった。

松島は労組の「秋闘アンケート」に、生活が苦しい理由として教育費の項目に丸印をつけたことを思い出す。私立大学の息子と私立高校の娘の授業料や寄付金、そして娘の通う学習塾の経費は家計を締め付けていた。彼はしばしば「子供たちが無事に学業を終えさえすれば、自分の仕事の八割は成ったと思いたい」と自分に言い聞かせた。指折って数えれば、あと五、六年間は今の賃金を維持しなければならない。できれば役職の階段をのぼり、収入も向上させなければならなかった。

喫煙室からデスクに戻ると、人事部長から呼び出しがあったことを知らされた。電話を入れると、ソファーのある小さな会議室を指定された。

先に入室した松島は、案件が自分にとって良い話ではないことを直感した。九階から見渡す副都心の景色は一様に輪郭が薄れ、いくぶんか紫がかっているように見えた。

「お待たせ」と言いながら入ってきた人事部長は、「しばらくだよな。Y県から帰って何年になるかな」と分かり切っているはずのことを聞いた。

「ちょうど二年です」。松島が答えると、部長は「そうだったな」と言った。そして、すぐに用件を切り出した。

一月一日付で子会社のマンション管理会社の総務部長に出向してもらえないか。一年後にはその会社の取締役になる段取りだという。地方勤務を終えてから二年しか経っていない者を対象にした人事異動としては異例のように聞こえるかもしれない。しかし、本社の状況は厳しく、ライン部長のポストの削減が検討されている。転出先は子会社とはいえ経常利益を年々増やしている。客観的に見てもかなりいい話であるので、君の顔を思い付いたのだ――と、部長は時間を惜しむように一気に語った。

彼は松島にとって入社が二期上の大学の同窓生だった。松島が三十代のころは同じ職場でかわいがってもらったこともある。彼は次の株主総会で取締役になることが確実視されており、経営の一翼を担おうとする者の自覚が、顔付きだけでなくワイシャツの下の厚い胸板からも匂い立つようだった。

松島は唇をすぼめて黙っていた。来るべきものが来たことを理解した。ついに本社を出ていく日が通告されたのだと思うと感慨深かった。

予想していなかったことではない。しかし、現実に言われてみると大きな落胆に襲われた。その場で何かひと言、自分の人生において銘記すべき強烈な言葉を吐いておきたかった。その台詞をこれまで何度も考えてきたはずだった。しかし、実際の場面に臨むと容易には言葉が見つからなかった。

部長は「この部屋は禁煙ではないから」と言いながら、立ち上がって自分の後方の壁際の机の上にあったガラス製の灰皿を取った。煙草にライターで火をつけてから、「これは悪い話ではないと思うけど……」と松島の胸のあたりを見ながら言った。

「ご配慮頂いてありがとうございます」。松島はつられるようにして背広の脇ポケットから煙草を出した。張り詰めていた空気が急にゆるみ、向かい合った二人が吐く煙が部屋の中に満ちていった。

あとは互いの子供たちの消息などを話し、「もう、そんなになるかね」「知らぬうちに大きくなりました」などとノルマのような意味のない会話が続くだけだった。

自分の吸う煙草の火が吸い口近くまで進んだのを見届けながら、部長は「では上に報告する。近く正式な話があるはずだ」と言い、常務取締役の一人の名を告げながら煙草の火をもみ消した。人事部の応接室に入ってから十五分も経っていなかった。

松島はこれまで何度も本社からの転出を予期し、その時にいかなるドラマが展開されるのかを想像してきた。結局、くわしい筋書きは読めないと思っていたのだが、事実はあまりにも淡白に行き過ぎた。彼は自分の落胆した思いを冷ややかに見つめた。

誰彼なしに電話したくなる気持ちを抑え、午後七時過ぎにタイムカードを押して退社した。今夜のところは馴染みのバーで飲むほかはない、と松島は思った。

ピアノを後方にした席に座り、ウイスキーのロックを注文した。不思議にも、会社に対する不満の気持ちはわき起こらない。これから家族を養うための金勘定も念頭になかった。その気分を無理に表現しようとすれば、ざらついた座席から離れて、どこか柔らかい椅子に深々と座っていたくて仕方ないというような心境だった。

職業的な微笑を作りながら、顔馴染みのバーテンダーが天気の話をしかけてきた。松島は「何かふわーとした雲のようなものの上に座って一日中ぼんやりしていたいよ」と言った。バーテンダーは「いいこと言いますね。私も今、そういう気分ですよ」と答えた。

松島はグラスを重ねた。「エリュートラ」という店名が好きで学生時代から通っている。ピアノの弾き手は何人も変わったが、昔のままの音が頭の中で跳ね回る。ここで飲んだ友人たちの顔や、同じテーブルの上で吐かれた気障な台詞が思い出された。

彼は結局、携帯電話で「いえ」を呼び出すことにした。午後十時を回っており、妻は寝ながら英会話のテープに熱中しているはずだったが、どういうわけかすぐに電話に出た。

「今夜ちょっと話があるんだけど、いいかな。寝ないで待っていてくれないか」

妻は「何よ。ピアノの音が聞こえるけど、いつもの店ね。あまり遅くならないで」と言いながら、不機嫌そうに電話を切った。

彼は胸の内ポケットからペンを出し、ピアノ弾きの女性に渡すメモ用紙に「リリー・マルレーン」と書き込んだ。その曲を聞き届けたら直ちに席を立とうと思った。空っぽだった胃の中にずいぶんと水割りを流し込んでしまった。大事にしなければならない心臓に、負担をかけていることが自覚された。

酔い始めた脳の片隅に、教頭となったNの姿が浮かんできた。自信たっぷりの顔と釣り合わない、不自然にへりくだった立ち姿。それが、はっきりした像となって現れた。

「何でここでNのことなんか思わなくちゃいけないんだ」とひとりごとを言いながら、不愉快な感情がこみ上げてきた。

「青田見て佇つ百姓の心はも」。松島はひじで支えている体の重さを意識しながら、その句を口ずさんだ。

――あの時、Nは俺たち生徒のことを青田だと言いたかったのだ。教師の自分は脇でたたずむ農夫だと……。青田の中には栄養不良で実らない稲もある。病気になって倒れる株もある。お前は分かったうえで、言ってたんだよな。文学青年みたいな人のいい教師の顔だった。しかし、生徒たちを全体的にクールに眺めていたんだよな。

タンブラーの向こうに据えられたNの顔は最近見た姿ではなく、三十年前の丸眼鏡の頬がやせた国語教師の顔になっていた。

――教頭にまで出世したか。この次は校長で、学園の理事にもなるんだって。お前はいつの時点から、そんなに上手に立ち回ることができるようになったんだ。おそらく、多くの同僚教師がお前のために蹴落とされたにちがいない。

胸の中でのつぶやきが、自分でも支離滅裂であることが分かる。自信なさそうに、にやけていた若き国語教師のN。その姿に、松島は「さらば」と言った。

「もうお前には会わない。豊作おめでとう。収穫おめでとう」

声に出して言ってみると、胸がすっとした。バーテンダーがはっとしたような顔でこちらを見たあと、すぐに視線をそらした。もう、次の一杯を松島にすすめようとはしなかった。

松島は店の天井を仰ぎながら、薄まったウイスキーを氷とともに口に含んだ。「少しふらつくな」と思いながら、店を出た。盛り場を行き交う人と車が発するガスの臭いが、道路のおもてに立ち込めていた。風が冷たくなっており、そろそろコートを持ち歩くべき季節になっていると感じた。

地下鉄の駅に向かって歩いていく。松島は急に喉の渇きを覚えた。JRへの乗り換え駅で降りたら、寄り道して競馬好きの主人がいる馴染みの寿司屋に寄ろうかとも思った。

——こうなったら、徹底的にビールでも飲んでやるか。何、あすの朝に気分が悪ければ、休みを取ればいいいだけだ。

彼は自宅にたどりついた瞬間に、浴びせかけられるだろう妻の非難の声を想像した。「まさか、寝ないで待っていることなんかないだろう」。そう声に出し、妻の健康そうな丸顔を思い描いた。

その直後、唐突にも彼は、広い野原に立って深く息を吸い込んでみたい、と強く思った。

松島の脳裏に、多くの山を持つY県の地図がみるみるうちに広がってきた。そのどこに留まるべきか。彼は山から山へとポイントを物色した。想像上の地図は多色刷りだった。登山道は赤い線で描かれ、小さい丸印の間には標準的な歩行時間も入っている。標高まで記されているようだが、詳しくは読み取れない。

松島は自分が描く地図がかなり具体的であることに満足した。よし、この中を歩いて思い切り風に吹かれてやろうと思う。ところが、それを押しのけるように、会社に入ってから過ごした歳月が頭の中で回転し始めた。忘れようとしてきた苦々しい場面の数々が、でたらめの順序でよみがえってくる。

——俺には今、地図が必要なのだ。

彼は意地になって、消えそうになる地図を守りたがった。その中で吹く風を懸命に感じ取りたかった。そして、茅原の中に細い道を見つけ出し、紅葉し始めた山に向かって懸命に歩いていこうとした。

（了）

迷鳥

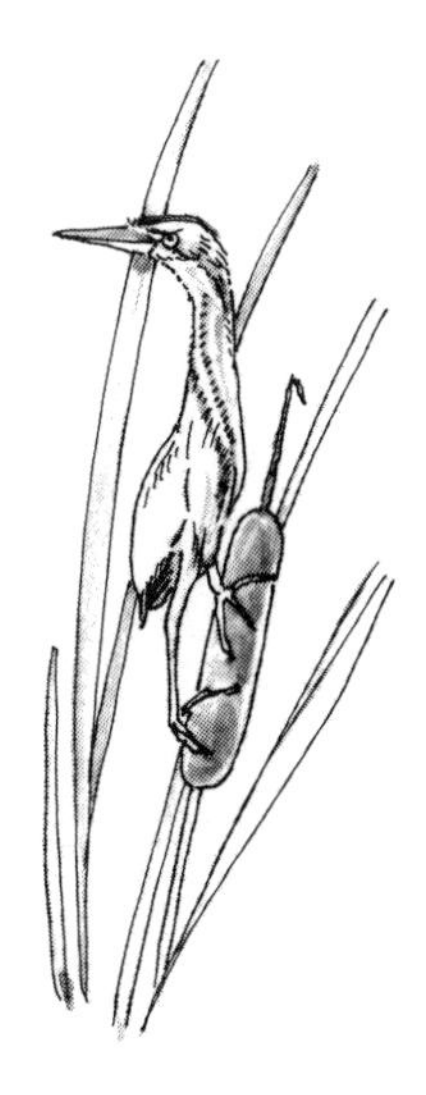

（一）

かつては雑踏の中にあったが、今は再開発ビルの一角におさまった明治屋の暖簾をくぐった。冷や酒の独酌を始めたばかりという風情のKの横顔が見えた。

「おう、お先にやってるぜ」

その笑顔には生気があり、張りのある仕事をしている日々がうかがえた。檜の一枚板のカウンターには、胡瓜と味噌の小皿が乗っている。

「こっちにも同じ酒。それと、もろきゅうね」

私はザックを椅子に下ろし、中から紙包みを出しながら女の店主に声をかけた。

Kは大阪の私立大学で教員をしている。明治屋はその馴染みの店である。上方らしい庶民的な空気が店の中に満ちている。飲ませてやっているというような刺々しさがない。樽から銚子にそそぐ酒の価格も適当だ。きずし、水茄子、さらしくじらなど、関西風の肴がいずれも安くて旨い。

島根の旅からの帰途だった。早朝に松江のホテルを出て城近くの天台宗普門院を訪ねた。そこで聖観音の立像を拝んだ後、木次（きすき）線の出雲三成（いずもみなり）駅に近い絲原（いとはら）記念館の庭を見て、知人に伯備（はくび）線の生山（しょうやま）駅まで送ってもらった。岡山で乗り継いだ新幹線で新大阪駅に着いたのが午後六時半。天王寺駅の改札を出てから方向を失い近鉄デパートや駅ビルの前をうろついたので、Ｋとの待ち合わせの七時に十分ほど遅れた。

楽しみにしていた水茄子の浅漬は、黒板に書かれた「本日のおすすめ」に入っていなかった。不服そうな私に、丸々とした女主人が言った。

「水茄子はいつも決まったところに頼むさかい、来週まで待たんと入らへんのよ」

やさしい抑揚の関西弁だ。

「また来てな」

名物を誉められたことが一寸得意そうだった。

Ｋは仕事帰りの背広姿である。

「急な連絡だったね。たまたま夜が空いていた。午後の講義の合い間に電話をとったのも、偶然のようなものだった」

「いやあ、ごめん。でも、会えてよかったよ」

私は紙包みを解いて、出雲三成で買った備前焼風の杯を机上に出した。

「口辺が薄手なので、夏の冷酒にいいかなと……。軽いところがいい。

黄色を燻したような褐色が、どちらかといえば君風だ」と解説したあと、「電話をかけたのは、伯備線の車中からさ。君が出なければ、そのまま東京まで運び、自分で使おうと思っていた」と私は言った。

Kはにやりとしながら、小さな陶器を裏がえしたり、その口辺に軽く指をあてたりしていたが、「では、もらっておこう。ダンケ」と言って何の論評もせずに包み直し、背広のポケットに入れた。

「待った」

物足りなく思った私は、「一杯ぐらいはそれで試してみないか」と促したが、Kは「ここで使うわけにはいかないよ。店の食器にはプライドというものがある」ともっともらしいことを言った。

店の女主人がカウンターの中で面白そうに笑っている。彼女は「私が酒を注いであげるから、それで一杯飲むとええわ」と言ってくれた。

十数年前には燻銀のような親爺さんがいて白い調理服を着て酒を出していた。その頃、いかにも見習いという感じで恥ずかしそうに刺身や煮物を出していた娘も、いまや貫禄がついて酔客の冗談に付き合うようになった。

自分とKの上に長い年月が流れている。中学から持ち上がり式の私立校だったが、高二で同級になるまで口をきいたことはなかった。授業をサボって外をうろつく仲間になってから親しくなった。その頃のKは校庭の隅で数学や哲学の読書に凝り、私は美術部の部屋で破滅的な油絵を描いていた。大学も専攻も異なるが、二人とも長めの学部生活を送り、その間に多くの旅を共にした。

Kはインドに留学して哲学の学位を取得した後、東京での就職をことわって関西に永住した。専門分野の論文がいくつかあるが、極端に寡作だ。いま、どのような科目を講義しているのかも定かでない。

私は新聞社を退職したあと、国の研究機関を二か所歩き、任期切れとともに年金生活に入った。何をやっているのかと聞かれれば、「市民農園で畑仕事をし、料理の教室に通い、近くの雑木林で野鳥の観察を楽しんでいる」と答える。正直なところを言えば、余生に取り組むべき主題を探している最中だ。

薄いガラスの銚子に入った酒を注文して自分の杯に注ぐ。皿に乗った胡瓜の緑が鮮やかである。女主人が奨めてくれた鰹の刺身は、この季節に特有な透明感のある赤みに潤っていた。

私たちは終盤に差し掛かった人生を、互いに冷ややかに観察し合っている。家族や知人の近況を話しながら銚子を三本ほど干したところでKが訊いてきた。

「ところで、今回の出雲旅行は何なんだ」

「日本野鳥の会を創った中西悟堂の若い頃について、ちょっと調べたくなったんだ。季節もよくなったしね」

「ふ〜む、調べものか」

「と言っても、締切のある仕事じゃない。悟堂さんが島根県に住んでいた頃のことが以前から気になっていた。ようやく時間ができたので、ここで彼との距離を少し縮めようと思いついた」

「何とも懐かしい名前だね。君は高校生の時から中西悟堂に惚れ込んでいたからな」と、Kはおもしろがるような口調で言った。

「いや、悟堂さんに興味を持ったのは小学四年生の時から。今も時々読むが、内容がいつも自分の問題につながってくる。不思議な縁だと思っているよ」

明治二十八年生まれの中西悟堂は仏教思想に基づく自然保護の運動を提唱したことで知られる。その仕事は多岐にわたり、歌人、詩人、エッセイストとしての名声に加え、宗教家でもあった。文人であると共にたくましく社会で活動した。児童書や図鑑類も含めて三百冊を超える著書があり、それら資料は生まれ故郷の金沢市にある公立文学館に所蔵されている。

「それで今回の旅の成果は？」と、Ｋはたたみかける。

「手応えありだね。寺を三か所訪ねて、何人かから話を聞くことができた。しっくりこない点もあるが、まあまあだろう」

中西悟堂は昭和九年、柳田国男や内田清之助らに勧められて日本野鳥の会を創設し、一躍、時の人となった。年譜によれば若い頃、放浪の末に出雲地方にたどりつき、「三年余りを僧侶として安来や松江で過ごした」という。大正期の関東大震災の前の頃である。

しかし、この前後の彼の経歴は不分明な点が多かった。当時の中西は二十代後半。それまでに中西赤吉の名で歌集を一冊出していたが、文人として有名というほどではない。にもかかわらず、島根県内の天台宗の寺院の住職におさまっていた。

彼の放浪とは何だったのか。なぜ、出雲地方が選ばれたのか。私にはどっちでもいいこととは思えなかった。それは私自身の青年期の煩悶や衝動にも通じるものがあった。

酔いが回り、述懐が大げさになった。かなり重複も生じているのが自分でも分かる。Ｋは時々にらむような目付きをするが、それは眠気を抑えている行為にも思えた。

新しい胡瓜を注文し、そのつややかな緑に薄塩の麴味噌を塗った。ガラスの小瓶がカウンターの内と外を往復した。

『人間の記録⑪中西悟堂　かみなりさま』（日本図書センター、一九九七年）と題された随想集によれば、中西悟堂は昭和初期に来日したタゴールと親密になり、シャンティニケタンに招かれたことがあったが、インドの独立運動のからみで日本政府が旅券の発行を渋ったので実現しなかった。Kはこのエピソードに興味を示したようだった。

少し離れた席にいる初老の男が何度かこちらに目配せをしていた。おそらく中西悟堂の名に聞き覚えがあるのだろう。何か言いたい素振りがうかがえたので、私は話題を変えることにした。

「ところで、松江の宍道湖。そのほとりの水田で、旅に迷ったらしい鶴を見たよ」

「何、鶴だって？」

Kは赤い顔をこちらに向け、目を大きく開いた。眠気が飛んだようだった。

「そう、ソデグロヅルだ。純白だが、翼を開いた時に先端が黒い、かなり大きなやつ。北極近くから中国大陸まで渡る鳥だが、風に乗って、間違って日本に来ることがあるそうだ」

「なんで六月の今、鶴が来ているんだ？　図鑑に出てくるあのソデグロヅルだろ。地上にいる時に真っ白く見えるのは、あの鶴だけと聞いている。そいつの袖はやはり黒かったんだろうな？」

Kは続けて弾を撃つように質問した。ソデグロヅルの絵か写真を見たことがあるようだ。

「観察するために近づいても、あまり人を恐れないところが何とも不思議な鶴だった。やはり、でかい鳥は悠長なところがある」と、私はその姿を頭の中に描きながら言った。

「そうか、飛ぶ時に翼の先が黒い、あのでかい鶴だよな。あれの実物を見たのか」

Ｋは盃の中をにらみながら、確認するかのようにつぶやいて、ぐいっと杯をあおった。

私は少し得意になっている自分を感じた。Ｋの眠気を覚ましがてら、ツル科の鳥のあれこれについて述べた。大学生の時に北海道の釧路湿原まで行き、雪の中の丹頂鶴を観察したことがあり、その記憶も語った。

「水の上を動きまわるオオバンだって、分類上はツルの仲間に入るそうだ。よく潜るので、とてもまともな鶴とは思えないが」などと、野鳥の観察談義は止めどなかった。

店仕舞いを告げられても、何とか言ってビールを所望したことを覚えている。「君、もういいだろう」とＫが言い、天王寺の門前町にある旅館へ案内されたのは十一時近くだった。

門をくぐってから玄関まで、石畳を一寸歩く古風な宿である。Ｋは私に割り当てられた二階の部屋まで上がってきて、備え付けの夜具を点検した。それから「じゃあな」と言うと、ふらつきながら階段を下り、帳場の女性に馬鹿ていねいな挨拶をし、東大阪市の自宅に引き揚げていった。

（二）

「東京電環まで一枚。新幹線の座席指定でお願いします」。そう言って乗車券を求めると、ＪＲ天王寺駅のみどりの窓口の女性が首をかしげた。

「東京のどこですか？」

「電環っていうことば、今は使わないいんでしたっけ？」

「聞いたことがありません」と、細面の白い顔の係員は冷ややかに言った。

東京電環は、山手線を中心にした都心部の旧国鉄路線の駅の集合名詞だ。自分の青年時代にはありふれた鉄道用語だったが、いまは死語になったという。親しんでいた慣用句が消えていくのには複雑な思いがあった。

小学生のころに祖母から「尋常何年になったの？」とたずねられて当惑したことがあるが、窓口の女性はそれに似た思いではなかったろうか。

その朝、目覚めると喉が渇き、頭が痛かった。掃除の行き届いた小さな旅館の中庭に、いかにも夏の初めらしい陽光が差しこんでおり、数羽の雀が来てのどかに鳴いていた。

朝食を食べる元気がなかった。意を決して着替えた。亭主と女将がそろって見送ってくれた。私はザックを片方の肩にかけて、細い石畳の道をたどった。旅館の門を出る時に何か忘れ物をしたような気持ちが残った。

案の定、新幹線に乗り込んでから小型カメラを持っていないことに気付いた。「焼きが回ったな」と声に出しながら、私は座席の背を傾けて目をつぶった。

中西悟堂は少年時代の私にとって憧れの人物だった。口笛を吹くと野の鳥たちが肩の上に乗る。同じ茶碗で鳥と人が一緒に食事する。散歩にでかける時は、カラスが空から地上に下りてきて道案内をする。これら野鳥との交流物語が、写真と図入りで少年少女向けの単行本に載っていた。小学校四年生の時だったが、読んだ瞬間にもうたまらない気持ちになった。自分が目指すべきは、この人であると思い込んだ。

島根県への旅は自分の中にある憧れを呼び起こしたいという気持ちが手伝っている。これまでに整理できなかった宿題に取り掛かる時期が来たように思った。

出雲空港に野鳥の会支部のSさんが迎えに来てくれていた。彼と私は同じ時期に会の本部評議員をしていたことがあり、以来、十年ほどの付き合いがあった。私の物好きな旅に付き合ってもよいと言ってくれたので、車を出してもらうことにした。

ゆったりした体型と健康そうな赤ら顔が、八雲立つ出雲の空に似合う。Sさんは「家系図で十八代まで遡る」豪農の子孫であると言った。後部座席にはスコープ、長靴、撮影用テント、網などが雑然と積まれ、私が座った助手席のポケットには二冊の野鳥図鑑が入っていた。

大正八年から同十二年までの中西悟堂の足取りを順に追う旅である。彼の最初の寄寓先の寺がある安来市の郊外に向かうべく、私は二万五千分の一の地図を広げた。

日本海から湖を越えて吹き寄せる六月の風の中を走った。対向車の少ない舗装道路が続く。私は窓ガラスをおろして風を入れながら、中西の放浪時代の始まりについて考えた。

「大正八年十一月、大学ノート一冊を持っただけで悄然と旅に出た」と中西は自伝に書いている。その一端に触れようとする私の旅は、自身の感傷を片付ける儀式にも似る。

「わざわざ、本当にごくろうさんですね」

Sさんは進行方向を見たまま小声で言った。中西が島根県に滞在したことは知られているが、その頃の著作や足取りについて興味を抱く人は地元には殆どいないという。野鳥の会が創設される十年以上も前のことであり、中西一代の自然保護の社会活動とも関係が薄いからに違いなかった。

Sさんは東京の私大で造園を学び、地元に戻って県の技術職員になった。公園や遊歩道の植栽を担当し、樹木医と技術士の資格も取ったという努力家だ。退職後、野鳥の会本部の運営責任者の一人に推され、月に二度、飛行機で東京との間を往復している。

目的地である天台宗清水寺は、安来市の中心から約四キロ離れた山裾にあった。用明天皇の時代、仏教が伝来して間もない六世紀に建立。山陰地方を拠点とする豪族たちに手厚く保護されてきたという。放浪を始めてから直ぐに四国に行った中西は、どのような経路か不明だが鳥取方面から島根県に入ってきた。そして、大正九年の晩秋までを清水寺の域内で過ごした。その当時、清水寺は寺領五万坪という巨大な寺だったらしい。

心地よい風に吹かれながら、私とSさんは並んで石段を踏んだ。私は俳句歳時記に「緑滴（したた）る」という季語があることを思い出した。それは寺の参道の坂道をのぼっていく景観に、ぴたりと当てはまった。

山門から庫裏（くり）まで一キロ以上もあろうか。私は茶店で竹の杖を借りるのに逡巡しなかった。生い茂る樹木の中に三重塔が見え隠れしていた。同じ道を二十三歳の僧侶である中西悟堂が歩いたかと思うと、いささかの感慨があった。

石垣や参道に見られる重厚な結構は、寺というよりは山城に近かった。最盛期に五十余りの塔頭をしたがえていたという。道端の解説板によると、十六世紀、尼子氏と毛利氏が雌雄を決する合戦の舞台となり、一山ことごとく焼失した。しかし、中堂は奇跡的に残り、本尊の十一面観音菩薩像も難を逃れたらしい。

いかにも古刹である。落ち着きのある木造建築の中堂に入ると、檜や杉の柱に刻まれた膨大な年月が私たちに覆いかぶさってきた。そこで作務をしていた僧から話を聞くことができたのは幸運だった。

「中西悟堂さんがこの寺に居られたのは、百年近く前のことですな。当時の住職の招きで、寺内にあった坊の一つに起居し、ほどなくして末寺にあたる長楽寺の住職に派遣されました」と、七十歳台と思われる貫主さんが教えてくれた。

末寺の長楽寺の紛争を収拾したことは中西の自伝にもあり、「田舎の寺のことなので問題解決は容易だった」と自慢げに書かれている。この頃の中西は長編小説を構想していた。それは「犠牲者」というタイトルであり、仏教伝播の歩みを社会的な諸矛盾と照らし合わせながら物語にしようとしたらしい。自伝に次のような文章を見出すことができた。

社会と人生とに向けられ始めた私の熱情は、私をして詩から小説への転向を余儀なくせしめた。それ以前あまりに自然児だった私は、殆ど反動的にぷつりと詩を断念して都会を遠く去ってしまったのである。そして出雲に於いて先ず着手したのは長編小説「犠牲者」であった。

この小説は三千枚という大作だったが、出版に至らなかった。原稿はいまも資料として金沢の文学資料館に保存されている。

「よく調べて来なさったな。私は永くこの寺におりますが、来山された方から、中西悟堂さんについて訊ねられたのは初めてです」

貫主さんは頭を左右に振りながら記憶をふり絞ってくれた。日焼けしていない顔の肌には艶があり、眼鏡の奥の細い目がやさしかった。山陰地方の風雪がしっとりと僧衣に沁み込み、この人を包んでいるように見えた。

この貫主さんが比叡山から派遣されて清水寺に赴任したのは、昭和四十年代の中葉だったという。その頃には在籍した多数の坊守たちの中に、放浪中の中西の様子を覚えている人がいた。

「なんでも中西悟堂さんは、滞在された坊の中で裸になっては大酒を飲んでいたらしいです。かなりの豪傑だったようですな。鉄道唱歌を作詞し、和紙に墨で清書したものを、その坊守にくださったと云うことです。滞在のお礼のつもりだったのでしょうか。いま、その書いたものが、どこかに残されているのか、いないのか、それは分かりかねますが……」

その話は興味深い。中西は鉄道唱歌が好きで、何度か作詞に取り組んだという記録がある。その山陰編があっても不思議ではない。だが、大酒しながら裸で寺内に起居したというのは本当のことだろうか。中西は体質的に酒がまったく飲めない男だったはずだ。豪傑というイメージが、あまりにも脚色され過ぎてはいないだろうか。

中西悟堂が宗教小説「犠牲者」の原稿と共に島根から上京したのは、大正十三年、関東大震災の翌年だった。出版社から原稿を突き返されたことが、自然派の文人として世に出る契機になったと自伝には書かれている。この数年後には、詩を書きながら木食(もくじき)生活をする変人としてマスコミに注目され、自然児、野性人の人物像が定着した。

戦後、彼は自然保護運動の指導者として活躍する一方で、自らが実践する健康法に「ハダカ哲学」の名を与えて提唱した。それらの事実が、若き日に寺の坊の中で裸で暮らす豪快な旅人という伝説的な逸話を生んだのではなかろうか。

私は軽い相談をもちかけるように貫主さんに言った。

「中西悟堂さんが、ここから移られた長楽寺を訪ねたいと思うのですが……」

「それは、うちの末寺です。遠くはないです。しかし、行かれても、誰もいませんよ。当時の話を聞かれるのは、ちょっと無理ですな」

貫主さんはそう言ってから、さらに付け加えた。

「廃屋があるだけです。御本尊も松江の普門院に移転しました。道は途中からは藪になっていて、よう見つけられないかもしれません」

私には、怯む様子が見られなかったはずだ。貫主さんは木片に呪文を書きこむ作業の手を休め、その毛筆をそのまま使ってメモ用紙に長楽寺までの地図を描いてくれた。

「ここが分かりにくい」と言いながら、畑の中から寺の方へ分岐する道を念入りに書き込んだ。

私はSさんに「その寺が廃屋ならば、なおさら訪ねておきたい」と言った。

石段を下って戻ろうとした時、三重塔の下に小さな池があることに気付いた。河骨（コウホネ）が黄色い花をつけている。その茎の間に動くものがある。丸石に靴を乗せて目を凝らすと、牛蛙が水面から顔を出していた。向こうもこちらを凝視しているようだった。

その時、背中の方から「寄っていきやんせ」という女性の声が掛かった。振り向くと、参道をへだてた茶店の中で畳に正座している老女が微笑を投げかけている。

店のガラスケースには、ほこりをかぶった陶器類が並んでいた。板の間の奥に小さな座敷がある。鉄の薬缶から湯気が昇っている。老女の手招きに吸い寄せられて、お茶をごちそうになることにした。

「はじめてか?」とか「どこから?」「何を見た?」とかいう旅人の会話を交わすうちに、私は思いついて、「中西悟堂がこの寺にいたことを知っていますか」と聞いてみた。

九十歳にして一人暮らしという老女は「さて?」と首をかしげていたが、

「その人かどうか分かりませんが、この先の坂を少し下ったところに昔、小さな坊がありました。そこに裸で暮らす変な人がいて、お酒を飲んでごろごろしていたが、後に東京に出て偉くなった」という意味のことを、抑揚のある出雲地方の言葉で話した。

ここでも中西悟堂はハダカ暮らしで大酒する豪快な男として伝えられていた。Sさんは「ここまで完璧な出雲方言を聞けるなんて、あなたは幸運ですよ」と、私の顔をのぞきこむようにして言った。

「おいくらですか?」と聞くと、「いりません」との返事。私たちは千円札を一枚ずつ出して盆の上に置いた。「そのようなお気遣いはせんでもいいに」と言う老女の皺だらけの顔を私は見つめた。赤子のような笑いだなと思った。

ところで、中西はこの清水寺に滞在中に、曹洞宗から天台宗に所属宗派を変更したことが知られている。彼は少年時代に、東京都下の調布の深大寺で得度し天台宗の僧侶になった。その後に曹洞宗に移籍して僧侶の専門学校にも通った。旅人として島根県に来た時は曹洞禅の僧だったが、再び天台僧に戻り、長楽寺の住職となったのだった。

清水寺に滞在中に起きた中西の内部の変化に興味があった。私は門外漢だが、密教と禅宗では信仰の形式が異なるのではなかろうか。職業的な僧侶の場合は、一層の強い拘りがあるはずだ。宗派を切り替えるのに、「折伏（しゃくふく）」という言葉が使われるとも聞く。自分で簡単に選択あるいは変更できるものなのだろうか。Sさんは興味がなさそうだった。

私たちは清水寺の長い石段を下った。土産物屋が軒を連ねる庇の下に箱があり、そこに杖を返した。近づく夏の日の旺盛な蟬しぐれを想像し、広大な境内に林立する杉の大木を見回した。

（三）

清水寺から長楽寺への道は、国道を西に走り、大きな川沿いの市道に出てから集落の端を貫く村道に入る。それを折れて山道をどん詰まりまで行き、車を降りた後は小丘の頂まで十分ほど歩く――という。

Sさんと私は、清水寺の貫主さんから受け取った地図を見ながら車を走らせた。途中、川にかかった小さな橋が朽ちているのを見かけた。地図には伯太川と記されていた。

野中の道は見分けにくかった。小さな丘に建つ天台宗長楽寺まで着くのに、いささか手間取った。旧い住所では宇賀荘村九重という表記だった。

その寺院は本堂も庫裏も朽ちかけていた。柱と梁の間には蜘蛛の巣がまとわり、床には土埃がたまっている。土壁も崩れている。しかし、寺としての結構は保っており、小高い丘から村落を見守っている風情があった。

本堂正面の扉に張り紙があった。「ご本尊の聖観音像は松江の普門院に移管された」旨が記されている。銅製の大きな鉢が賽銭箱の横に置かれ、中をのぞくと合格祈願と書かれた短冊が何枚か入っている。無住の寺となってからも近在の人々の信仰の拠り所として、一定の役割を果たしていることが推測された。

周囲は雑木林と竹藪である。庭にはまばらな配石があった。中西の自伝によれば当時、宗教行事の執行を巡って檀家衆との間に軋轢が生じ、親寺にあたる清水寺のコントロールが効かなくなる事態になっていた。二十四歳になったばかりの中西が、その能力を買われ新住職として収拾にあたった。「本山の延暦寺差し回しの住職」という触れ込みで、荒れる檀家衆を取り鎮めたらしい。

中西は一年を経ずして、この安来の長楽寺から松江の普門院に転居した。それはやはり、天台宗の名刹清水寺の命に拠るものだったようだ。それから百年を経て、長楽寺本尊の観音像が同じ経路をたどって移動し、その聖観音像を追いかけて私も松江に向かおうとしている。

登ってきた道とは異なる道を、革靴がすべらぬように注意しながら丘を下りていくと、本堂の直下に廃屋があった。瓦屋根が崩れている。中をのぞくと、破れ障子が倒れ、木製の風呂桶や棚が朽ちて転がっていた。

若き日の中西悟堂はここに住んだのだろうか。土塀の脇に大きな芭蕉が一株植えられ、積雪のある日本海側とも思えぬ庭の景観を作っている。「あまり見かけない樹相ですな」と、造園の知識が深いSさんも物珍しそうだった。

坂を下り切ると畑との間に僅かな空き地があった。農作業の服装をした数人が地面に布を敷いて食物を広げ、正午の日差しの中で休んでいた。

昼食をとる店を探す前に、私たちは伯太川の河原に下りてみることにした。目をつけていた小さな橋は、川の途中で切れていた。先端部が腐って落ちたように見えた。水量の乏しい川の中央部には砂地が見え、そこから広い葦原が始まり、下流に向かって延びていた。

錆びた橋脚を抱いた砂州にコチドリが一羽来ていた。私はザックから双眼鏡を出して焦点を当てた。黒い目の周りが鮮やかな黄色である。いつもこの鳥を見ると、皆既日食の時の太陽を連想する。そして、生まれ育った湘南地方の初夏の水田にコチドリが来ていたことを思い出した。

私は幼少時にいささか暴れる傾向があり、小学校に入る前の一年間は幼稚園に行かず、家の周りでぶらぶらしていた。親は暇を持て余す孤独な子に多くの本を買い与えた。ディズニーの漫画から始まって虫、鳥、魚の図鑑をそろえた。小学校に入る頃は昆虫採集の道具や、玩具に毛の生えた程度だったが顕微鏡も持っていた。

相模湾に近い鵠沼という地区は、その頃はまだ砂山と桃畑が続く田園地帯だった。芥川龍之介の『蜃気楼』や岸田劉生の日記に登場する引地川には、アユやウナギの稚魚がどんどん上ってきたし、河口部ではボラやクサフグがおもしろいように釣れた。

蜻蛉ならギンヤンマ、甲虫ならミヤマクワガタとタマムシ、蟬ならクマゼミ、水生昆虫ならタガメやタイコウチ……。それらが私の憧れの生物の面々だった。父親が飼っていたカナリヤを蛇

がよく狙うので、私は爬虫類にも詳しくなった。日向を移動するトカゲやカナヘビを一日中観察して飽きなかった。

動物の行動に関心が深まるにつれ、自分で本屋に行くようになった。シートン動物記、ファーブル昆虫記、椋鳩十の動物物語と進み、やがて中西悟堂の観察シリーズにたどりついた。

その文章と絵に触れたことにより、私は自分の価値観がようやく肯定されたように思った。本の中の動物と遊ぶことは、缶蹴り遊びよりも意味のあることになった。中西のガイドに従って虫や鳥を観察することは、私に自信を持たせた。

東京の世田谷区に転居し、私立中学校に入る頃は少年少女向けの文学全集の乱読状態になっていたが、中西悟堂の本はいつも机辺にあった。小田急線の千歳船橋駅を挟み、すぐ近くの砧に中西が住んでいることにも親近感を覚えた。やがて、本の著者ではなく、具体的な人物として中西悟堂は強烈な存在になる。

中学一年生の同じクラスにいたT君が、世田谷の自宅の庭に来るシジュウカラの観察に凝っていた。彼とは机の位置が近く、私が図鑑から模写した野鳥のペン画を見せたことから、野鳥のあれこれを話し合うようになった。自宅の広い庭に巣箱をかけて観察するT君の話は、まことにうらやましかった。

秋の文化祭に向けて記念講演の人選に関するアンケート調査があった際、私はT君と共に中西悟堂の名を挙げた。それは上級生の実行委員からも支持され、文化祭の担当教員が直ちに調整してくれた。

文化の日の十一月三日、目黒、世田谷両区の境付近の駒場の台地に建つ私たちの学校に、本物の中西悟堂がやってきた。

体育館の最前列で私は写真機をかまえた。写真部員の同級生が私のフジペットを見て首をかしげ、「そんなので撮れるのかよ」と言ったのを覚えている。彼のカメラには望遠レンズが付いていた。

登壇した中西悟堂の外見は、私たちを驚かせるのに十分だった。まず、小学生のように背が小さく、頭が大きかった。髪の毛は銀色で、顔は日焼けしていた。ポケットが多く付いた不思議な服を着ていた。それはコートのように長く、だぶだぶだった。中西が野外観察用に考案したオリジナルな服装であると紹介されたが、幼稚園児が着る「うわっぱり」のようであり、いかにも不格好だった。

その日の講演の内容はブッポウソウとコノハズク、空気銃の規制、かすみ網の使用禁止への取り組みなど、すでに本で読んだものだった。しかし、「野の鳥は野に」「他の動物の棲み処を壊し続けるのは、人間の思い上がりだ」と述べる中西悟堂の生の姿と言葉は、私たちを大いに興奮させた。

「自分の目で観察することが、何よりも大切である」「中学、高校生のあなたたちは、まずは強い体を作らなければならない」「私は冬でもパンツ一丁で歩き回る健康法を実践しているので、この数年風邪なんか引いたことがない」――これらの話は中学一年生の頭の中に鮮明に記憶された。

　彼の少年時代はどのようなものだったのか、青年の頃には何を考えていたのか、どうすればこのような銀髪の仙人になれるのか。私は真剣に思い巡らした。

　カメラに収まった憧れの中西の姿は、豆粒のように小さかった。写真屋で拡大して焼き付けてもらったが、靄に包まれたようで目鼻すらはっきりしなかった。

　以来、私はワイシャツなしで冬の制服を着ることを実践した。しかし、すぐに風邪を引いた。その後、何度か同じ健康法を試みては失敗した。

　当時、中西は代表作『定本野鳥記』を春秋社から順次に出版していた。同書は昭和六十一年に全十六巻で完成するが、読売文学賞を受けて有名になったのは昭和四十一年完の第一シリーズ八巻本である。それは理科系教員室の蔵書にもなっており、生徒も自由に見ることができた。

私は大学生の時、早稲田の古本屋でこの八巻本を揃いで手に入れた。この時はうれしかった。その頃、私の向学心はすでに別の領域に移っていたが、中西が雑誌『人間連峰』に書くエッセーは時々読んでは舌を巻いていた。よく覚えているのは、中西が学齢期前に秩父の山中で修行の日々を送った頃のエピソードだ。何人かの行者の群れの中で悟堂少年にだけ、小鳥たちが肩や膝に舞い降りてきた。それは彼が特異な才能を持って生まれた人間であることを物語っていた。

やはり、大学生の頃に銀座を歩いていて、「自然を返せ」「生き物を返せ」「カスミ網撲滅」と書かれたプラカードを掲げるデモ隊に遭遇したことがある。先頭を歩いていたのが、白髪の中西悟堂だった。その発言は度々、新聞やテレビで報じられ、論旨は明快。闘う自然保護運動家としての面目躍如だった。

しかし、昭和五十五年に自らが創設した野鳥の会から除名される騒ぎがあった。そのニュースは、地方都市で新聞記者をしていた私を驚かせた。仙人の風貌の中西悟堂が現実のどろどろした世界で苦悩している姿は、何とも意外であった。新聞で読んだ当時の中西談話は「創設の理想を失った野鳥の会に未練はない」という趣旨だった。それは、いくぶん捨て台詞のようにも見えた。リップ・ヴァン・ウィンクルの詠嘆のようにも思えた。

私にとって中西悟堂は、あくまでも特別な力を持つ偶像であり、卑俗な人間界を見下ろす人物だった。マスコミが伝える追放劇の内容は、あまりにも俗っぽくて、事実だとしても認めることはできなかった。

しかし、後に聞くところによれば、中西は財団法人の責任者であるにもかかわらず、重要な会合に大幅に遅刻することが度々だった。一度決まったことも自分の気分によって覆し、野鳥の会の経営指導にもわがままな一面があったらしい。法人としての会の運営に大きな障害となったことは想像に難くない。

中西は追放された一年後に、名誉会長のポストを不承ながら引き受けた。しかし、自分が創って育てた野鳥の会の運営から隔絶され続けた。除名騒ぎから七年後に八十九歳で死去した。最愛の野鳥の会を失った悔恨と、怨嗟の文章が大量に残されたが、それらが世に出たのは死後九年も経ってからだった。その遺稿集は『野鳥開眼――真実の鞭』（永田書房、一九九三年）という奇妙なタイトルが付いて市販された。私はこれを読んだ時、晩年の中西が視力を失い、親しい人にも裏切られ、絶望的な孤独の中にいたことを知った。

野鳥の会を創設する以前、三十代までの中西について調べたくなったのは、その遺稿集を読んでからだ。新聞社の調査部の書庫で手の届く範囲の資料を集めると、いくつかの発見があった。若き日

の中西は山岳の自然や登山を称える多くの詩を残していた。青臭い感傷的な詩だが、気持ちが揺さぶられるものがあった。

中西の『山岳詩集』（朋文堂）は昭和九（一九三四）年の発行であり、尾崎喜八の『高原詩抄』（青木書店、一九四二年）よりも早かった。一巻すべてを山に関する詩で埋め尽くした本としては、まさに先駆なのではなかろうか。私はこの本を日本山岳会の市ヶ谷の書庫で手に取ることができた。

出雲地方での滞在を終えて東京に戻った時、中西は二十七歳だった。関東大震災直後の東京で雑誌を出し、詩を書き、昭和三年に単行本三冊を出した。その六年後に日本野鳥の会を創設し、柳田国男や北原白秋を仲間に引き入れて世に探鳥ブームを巻き起こしたのだった。

私は、四国や山陰を放浪する過程で、中西が再出発を確信する内的変化を確認してみたかった。しかし、それに直接に応えてくれる文章に行き当たらなかった。近代文学の評論類の索引も当たったが、研究者の間では何の問題にもなっていないようだった。仕方ないので、それは自分でいつか取り組むべき課題として意識された。しかし、そう思っただけで、実行しないうちにいつか忘れた。

喉の奥に引っかかった魚の小骨ともいうべきか。定年退職した今になって、それが疼き始め、私の想像癖をかき立てる。

(四)

私は年譜と著書を読み合わせ、中西悟堂の青年時代を再現してみた。この作業をして分かったことは、彼の出生、家族関係、少年期および青年期は人間関係が複雑であり、不明な点だらけだということだった。しかし、彼の気分の変化、あるいは心理的な成長はある程度まで把握できたように思った。

大正五年一月十六日、曹洞宗中学林の第四学年に留年していた中西悟堂は、世田谷の学寮の一室で二十歳の誕生日を迎えていた。

前々年の夏、お台場で夜間水泳をした際にフジツボで両目をこすり、角膜を裂傷した。一時は失明状態となり、このまま全盲になるのかと悲観したこともあった。いま、視力は次第に戻ってきたとはいえ、時によって見えたり見えなかったりする。目の前が霞むようになり、視界が狭まると、その後何日間かは薄闇に覆われる。この間、書物は読めなくなり、学林の授業も欠席した。

留年は怠慢からではなく、傷病によってやむを得ない選択だった。

視界は晴れないが中西の気持ちは前向きであり、日々、充実を感じていた。「中西赤吉」のペンネームで初めての歌集を発行する話が進んでいた。すでに過去四年間の作品を取りまとめ、年が明けてからは巻頭に掲げる自序について構想していた。

細かい文字が見えるうちに、どんどん前に進んでおく必要があった。出版元の抒情詩社が欲しがっている僧侶姿での写真も用意しなければならなかった。本の扉をめくった最初の頁である口絵に、これを飾るつもりだ。

「自序として書くとなると……」

彼は自身の生い立ちを振り返りながら、「それは波乱の連続というほかはない」とつぶやいた。

中西が生まれたのは明治二十八年の十一月十六日である。父親の一字を取って富嗣と命名された。しかし、本籍の石川県金沢市役所に出生を届け出されたのは二か月後であり、戸籍上の彼の誕生日は明治二十九年一月十六日となった。

明治四十四年、数え年十五歳のとき調布の天台宗深大寺に於いて得度した。悟堂は法名である。早逝した父の長兄であり、中西を養子とした叔父中西悟玄から一字をもらった。

この法名と数珠をもらうのに先立ち、埼玉県の寺に送られて「四度加行」という行を積んだ。

そして「教師試補」という僧侶資格を得た。これにより、戸籍上の名も悟堂に変更した。兵役の年齢に達した時、実際と正式の誕生日のずれを強く意識させられた。徴兵検査は、視力の劣等を理由に不合格であり、「兵役免除」の決定を受けた。彼は落胆することも安堵することもなかった。日清戦争で負傷し、横須賀の病院で戦病死した父親の霊には申し訳ない気持ちがあったが、自分は僧侶として世の役に立つ人生を歩むべきであると決心した。

その翌年、養父悟玄の意向に従って上野の天台中学林第二学年に編入学した。ここで職業としての僧の教養の習得に努めた。経典や漢籍の読解、英語購読などの科目を履修する日々は、悟堂の向学心を大いに刺激し、喜々として勉学に励んだ。

学林の第二学年に属する生徒の年齢は様々だった。世襲により出家した十代から四十代の僧侶までが学んでいた。数のうえで主力の二十代後半から三十代前半の青年僧たちは、泰西の文学や哲学をすすんで学ぼうとする意欲に満ちていた。日本橋の丸善で買ってきた輸入ものの画集を広げ、ブリューゲルやセザンヌの筆法について議論した。そのような天台学林の気風の中で、中西は西洋文化と出会った。

彼は学林でさらに学び、仏教の宇宙観や倫理観を西洋の哲学と対比させ、そのうえで天台密教の祈禱法などを修したいと考えていた。一方、養父悟玄は不治の病の進行を自覚していた。余命が尽きる前に、少年悟堂の将来の生計を安定させる道を思案していた。悟玄は、肝胆相照らしていた仏教新聞の編集責任者に悟堂の後見人となることを懇願した。その人は曹洞宗の高僧だった。

このような事情から、中西は自分の意に反して天台中学林を中退せざるを得なかった。その高僧が導くままに、世田谷にあった曹洞宗中学林の第四学年に編入した。しかし、彼は新たな生活に馴染むことができず、授業の内容にも物足りなさを感じた。思弁的な仏典研究よりも「只管打坐」を重んじる教育理念には、いささか抵抗感があった。できるなら天台の学林に戻りたいと何度も思った。しかし、病とたたかう養父の苦慮を誘うことは避けなければならなかった。

中西は通学せずに、寄宿先の仏教新聞社の寮でごろごろして一日を過ごすようになった。高僧はこのことを祇園寺の悟玄に伝えたが、肺疾患が重篤化していた悟玄の返答は、「あなたにお任せしたい。一人前の僧侶として生活が立つところまで育ててほしい」というものだった。

高僧は四国愛媛にある自分の持ち寺に中西を預けることにした。寺の作務を中心とした修行の日々が中西を立ち直らせることを期待しての処置だったが、ここでも禅堂生活に身が入らなかった。庭掃除などの作務や禅書の学習よりも、農民や鉱山労働者の生活や組織運動に興味を覚えた。「修行僧は使役されるばかりでなく、寺院における労働の効率性を模索すべきである」――。中西が同僚の僧らに対して、このように説き始めたことが問題視された。

四国に来てから半年後、中西は早くも帰京するように命じられた。その後は、曹洞宗学林の授業に渋々ながら出席した。その一方で、文学、美術の書を乱読するようになった。

彼は、自分には相当に文章の才能があると自負していた。十六歳の時に、田山花袋や島崎藤村が選者をつとめる雑誌『文章世界』に短い小説や随想を投稿し、直ちに掲載された。同じ頃から短歌作りにも熱心に取り組んだ。大正元年の夏休みに帰省先の祇園寺を訪ねてきた天台中学林の同級生に奨められ、雑誌『抒情詩』に投稿したことが契機になった。以来、編集主幹による好評に促され、投稿を欠かさぬように心がけた。

歌集を編もうと心に決めたのは、四国の寺から戻されて二年半ほど経った頃である。この間に養父悟玄が逝去した。

その直後に、単独で築地から第三お台場に舟を漕ぎ出し、無謀な夜間水泳によって両眼を損傷した。一時は失明状態になり、回復の見通しが立たない蹉跌（さてつ）を味わった。これらの経験を経た自分の内部に、僧侶として立つ覚悟が次第に形成されていくことを自覚した。

数か月おきに一進一退を繰り返す眼疾が小康を得た時を選び、中西は曹洞宗学林の授業に出席したが、授業中の態度は悪かった。堂々と後期印象派の画集を机の上に広げることがあった。また、教師の話に耳を貸さずに抒情詩社が発行した高村光太郎の詩集『道程』を繰り返し読みふけった。彼はクラスで身長が一番低かったので机は最前列だった。温厚な教師もさすがに、他の生徒への示しがつかないので中西の不真面目な授業態度を叱った。

それは「宗乗」という科目の時だった。『教観綱要』という釈迦一代の「五時八教」を簡潔に述べる教本を使っていた。中西は「先生の朗読する先の先まで知っているので、別の本を見ています」と教師に答えたという。

「では読んでみよ」と促されると、中西はすらすらと漢文を読み上げたうえに、自分なりの解釈まで披歴した。教師は驚いて、「君には脱帽です」と言ったという逸話がある。何のことはない。曹洞宗学林に転校する以前に、天台学林で受講したものと同じテキストが使われていたという。

以来、教師の信頼を得た中西は、時には教壇に立って自分の解釈を講義することすらあった。学友たちから一目置かれ、学校に近い練兵場に同級生を集めて演説することもあった。

中西は視力の回復とともに自信が湧くのを覚えた。東京府全中学生雄弁大会に臨んだのは、大正四年十一月のことだ。演壇に立つと、職業としての宗教を選択した自分を高らかに肯定した。そのうえで、スウェーデンの預言者とイギリスの神秘画家の思想の共通点を探りながら、宗教哲学の直感について説いた。その内容は論理性が乏しく、こじつけにも近かったが、難解であるがゆえに審査員の好評を博した。優勝した中西は、意気揚々と曹洞宗学林に凱旋した。

仏教を学び僧侶の職を選択することが天命と考えていた。しかし中西は、書や絵画の方面で自分にかなりの天分が備わっていることを疑わなかった。書道では、数え年六歳の正月に書いた「精神一到何事不成。陽気発処金石透」の作品が、回り回って明治天皇の天覧に供せられたほどだった。また、視力の調子が良い時には、木炭を握ってスケッチブックに風景画や人物画を描き、その出来栄えは学友たちを驚嘆させた。

短歌では、彼の自然描写の巧みさが、『抒情詩』誌を発刊する社内で絶賛された。歌集を編むことを強く薦める編集主幹は同時に、「雑誌の編集に力を貸してほしい」と勧誘した。

「僕が生活することは、僕が自然に帰依することである。僕の詩作はただちに感謝のことばであり、唱名である」

中西はこのような言葉をノートに書きつけ、高ぶる気持ちを抑えることにも気を使った。第一歌集の題名は『唱名』と決めている。「自分が自然の中で生かされ、自然を詠うことは御仏の意思である。その無限の恩恵をたたえる思想なくして、自分の歌は生まれてこない」。歌集を読んでくれる人々に、そのような気持ちを伝えたかった。

生きの身のあなありがたと歩みける竹藪のなかの夕日のいろかな

枇杷の木を見れどもさみし生きものとも菩薩とも見れどもいよいよさみし
わけいりし竹の林の日のいろは竹の葉よりもあわれなるかな

彼が詠じる自然風景は、その大半が北多摩郡神代村に所在した祇園寺の庭や竹藪、そこから眺める相甲の山々の佇まいだった。視力が失われた時期にも、これらの風景はいつも中西の脳裏にあった。目の状態が良い時を選んでは自作の短歌をノートに書きつけた。

中西は両親の顔をまったく知らなかった。彼が満一歳の時に父は横須賀の病院で結核のために死亡した。その直後に、母も九州の実家に向かったまま行方知れずとなった。

彼は東京麻布の祖父母の家で育てられ、父の長兄である元治郎の養子として中西家の十一代目を嗣いだ。元治郎は出家して悟玄と名乗る。養父は以前から政治運動に奔走し、板垣退助の側近にあった。

中西は五歳の頃に手を引かれて自由党大会で登壇し、万歳三唱の音頭を取らされたことを覚え

ていた。

悟玄は明治三十九年から四十一年にかけて上野の天台宗寺院に住み込み、黄興ら清国から亡命してきた革命家を支援し、頻繁に行き来した。東京市内での電車焼き討ち事件の容疑者として名が挙がり、警官が寺院を包囲したこともあった。その容疑は晴れたものの、官憲の厳しい視線から遠ざかるために祇園寺に移り、そのまま住職となった。これに伴い中西も麻布飯倉の祖母方から祇園寺に引っ越し、小学校も転校した。

今、中西は『唱名』の自序を書くため、原稿用紙を広げている。しばらく思い出に身を任せると、筆を走らせることができなかった。飯倉から転校した直後には遊び相手がなく、寺の近くの竹藪の中をひたすら歩きまわった。人家もまばらだった北多摩地方の夕暮れの色がわびしく胸に沁み、麻布の邸がひたすら懐かしかった。世田谷の曹洞宗中学林に編入した直後は、親しい友人らと無理やり離別させられたことが納得できなかった。つらつら思い返すと、自分の行く手には、いつも強烈な力として養父の悟玄が立ちはだかっていた。

悟玄は祇園寺を政治活動の拠点として多摩新聞を発行した。自由民権運動の殉難者の慰霊法要を開いたり、政府を批判する演説会を行ったりした。藁屋根ばかりが点在する長閑な村で、選挙運動の花火を打ち上げたこともあった。

悟玄は大正三年三月、中西に看取られながら息を引き取った。衆議院選挙に出馬する矢先に血を吐き、寝たり起きたりしながら政治を論じ続けていた。死ぬ日の早朝まで、冷水摩擦を怠らなかった。武門に生まれた者の自尊心と改革者のエネルギーを最後まで持ち続けた波乱の一生だった。

私の父は日清戦争でなくなった。私は叔父に育てられた。叔父は自由党員だった。

中西は歌集の自序をそのような文章で書き起こし、あえて悟玄を「叔父」と呼んだ。家督を相続し、友人との会話でも彼を「父」と呼びならわしていたが、中西赤吉の名で綴る歌集では「叔父」と書くことが、ふさわしく思えた。悟玄の臨終の朝の風景を淡々と叙すことにした。

門前の竹藪の右手から光のない、然し深い血潮のいろの太陽が上って来た。収穫後の田園は一面霜でうすむらさきに煙っていた。

（中略）

洗面器に盛られた水に手拭を濕して、胸のあたりを拭いてゐたが、ふとかの太陽を仰いで、

「おう綺麗だ」

叔父はさながら小児の如く聲をあげて合掌した。

やがてそのまま床に入ったが、直ぐであった。既に静に息は絶えたのであった。


養父の死を反芻することで中西は自立を確信したかった。歌集の上梓が自分の新たな道につながることを期待した。「いや、新たに生まれ直すという気持ちを持つべきだ」。これまでは孤独と哀しみを風景に託して短歌にしてきた。今や、おのれの感傷に耽溺することから新たな一歩を踏み出す時が来た。そのように考えたかった。

自然に帰依する――。それは如何なることなのか、それを問いながら文学に励みたい。それが自分の新たな道であり、もう自分はそこに踏み出している。この歌集は自分の青春の墓標として記録すべきものなのかもしれない。唐の詩人、李賀は詠じた。二十歳にしてわが心已に朽ちたり――と。富貴を去り俗を脱する道を、自分は僧衣とともに歩くほかはない。中西はこのような考えに行き着こうとする自分を静かに見つめていた。

この際、どうしても触れておかなければならないことがあった。自分がどのようにして今ここにいるのか。その原点についてである。中西はそこに万感を込めたはずが、あまりにも簡潔な記述となった。執筆に苦心した自序は、次のような文章で結ばれることになった。

私の母――それも私に悲しい記録を残す。彼は父の戦後の志らせと同時に家出したまま、二十餘年、いまだに再会の日がないのである。
私は一人の祖母をいたはることに余念がない。
大正五年　赤吉

（原文ママ。文中の「戦後」は、「戦死」の誤植と思われる）

（五）

歌集の原稿のすべてを抒情詩社に引き渡した直後、中西悟堂の視力は再び衰え始め、やがてほとんど見えなくなった。

彼は第四学年の期末試験の勉強に打ち込めず、放棄して再び留年するほかはないと諦めた。

「このようなことを何度繰り返せば、自分の目は治るのか。やがて失明する運命ならば、その境遇に甘んじ、僧としての修行を続けるほかはない」。そのように自分に言い聞かせたが、心は乱れた。歌集一巻が世に出ようとしていることが、曇った視界の中にいる中西を支えた。

海軍の軍楽隊の教官だった実父は、日清戦争で戦病死という名誉ある扱いだった。このため、中西は祖母とともに戦没者遺族年金を支給される名義人であり、海軍病院での診療は手厚かった。大正五年二月から三月にかけて施された治療と投薬によって、彼の両眼の傷病はやや改善した。医師と教師、友人らに励まされ、中西は追試験を受けて何とか通過し第五学年への進級を認められた。

六月から七月にかけ、中西は視力の回復を自ら確かめるために、世田谷から用賀に抜けて多摩川の河原まで、何度も歩いていった。南方から飛来したコチドリが河原石の間に営巣しており、中西はその姿を熱心に眺めては、飽くことがなかった。

とりわけ、巣の幼鳥を守るために、親鳥が傷ついたふりをして外敵の注意を逸らそうとする、擬傷の行動が興味深かった。それは神代村に住んでいた少年時代に多摩川に泳ぎに行った際にも、何度か見たことのある光景だった。

巣に人が近づくと、親鳥が数歩前に舞い降りる。片翼と片脚を上げ、傷を負った様子である。そのまま少しずつ遠のいていく。その姿につられて追いかけると、二、三百メートルも巣から離れてしまう。敵を誘導したあと親鳥は飛び立ち、雛の待つ巣のある場所へ戻っていく。

コチドリの美しくも必死の本能の姿を目で追いながら、中西はしきりに自分の母のことを考えた。彼の母の名はタイといった。九州の出身であることだけは確かだが、軍艦に乗って各地に停泊した父とどこで知り合ったかは不明だった。その実家は長崎とも佐世保ともいわれ、軍港と密接な縁があったらしい。

中西は自分の出身地を問われれば、必ず「金沢」と答えたが、実のところは自分が金沢で生まれたという確信はなかった。母は麻布の中西家で自分を出産したのではないか、と推測していた。しかし、屋敷内では使用人の隅々に至るまで、その事実に触れないでおこうという暗黙の了解があった。中西にはそのように思えて仕方なかった。

中西家は代々加賀藩に仕え、祖父である九代目の重勝の時、明治維新の廃藩置県によって禄を失った。旧藩時代に重勝は主家に重用された。水戸天狗党が中山道を北上してきた際には説得工作にあたり、加賀ではなく越前に向かわせた。重勝は維新後もしばらく金沢にとどまったが、髷と佩刀の習慣を断つことはなかった。元治郎（のちに玄治郎、悟玄と改名）、慶三郎、富男の三人の男子とともに大阪方面に転居したが、やがて新都の東京を目指した。明治六年七月には麻布に住んでいたことを物語る資料があった。

中西は自分の一族に思いを及ぼす時、闘争を好む激しい血が自分の中に流れていることを意識せざるを得なかった。祖父の兄弟のうちの一人は、旧藩時代の政争のさなか、金沢の市街を見下ろす山上に大砲を担ぎ上げ、城内に砲弾を撃ち込んだ後に自刃した。他の一人は明治十一年五月に紀尾井坂で大久保利通が刺殺された事件に加担した疑いを持たれて逃亡中だった。

養父の悟玄には、明治二十二年四月にロンドンタイムスがスクープした条約改正案の内容に激昂し、外相の大隈重信を襲うべくサンフランシスコから帰国したが、果たせずに証拠のダイナマイトを東京湾に沈めたという前歴がある。このことは後に露見し、上野の寺院に滞在した悟玄が官憲から注視される理由になった。

中西家が背負っているのは、よく言えば天下国家のために奔走する志士の血流であった。それは一歩間違えば、世直しのために暴力を辞さない国事犯の因子ともなった。「このような家系に嫁入りした母はさぞや怖ろしかったに違いない」と中西は思った。残された母の写真は一枚だけである。和服を裾長に着こなした立ち姿を見つめながら、中西は母を想い続けた。

祖母の成美は、金沢のしかるべき旧家から輿に乗って中西の家に嫁した。武門の家の男子を育てるのに、早朝から剣術の稽古に送り出し、帰宅すると髪を結い直させてから函膳で食事を摂らせたという。母タイがこのような中西家の厳格な家風に馴染めなかったのは、想像に難くない。

写真に残された細面の母の面影に見入るたびに、母の上にあった中西家の圧力は並大抵のものではなかったろうと、中西は推測した。乳飲み子を置き去りにした謎の出奔は、祖父母に言いくるめられた末のことではなかったか。中西は訝る気持ちを強く持っていた。

「お母さんはどこにいるのだ」と言っては、麻布の家の下働きの者たちを困らせた少年時代をよく覚えている。ある時、手に負えなくなった家人が「お母さんはあすこにいる」と、指で差して教えてくれたのは竹藪のうしろに沈もうとする夕陽だったという。以来、中西は何かあると、夕陽の方角に向かって彷徨うことが習慣になった。雑誌『抒情詩』に掲載した短歌の中に次の作品がある。

円くして赤き夕陽竹藪のかなたにあれば手にも取りがたし
空を見れど空にこゑなし竹を見れど竹にこゑなし月さしのぼり

家を去った母を追慕する歌にほかならなかった。これらを収録した『唱名』は大正五年九月に発刊された。

その巻頭に「わが第一集を内藤鋠策先生にささぐ」の文字が刻まれた。内藤は雑誌『抒情詩』

の発行人である。中西は彼から来た最初の手紙の内容を鮮明に覚えていた。「立派な作を頂けてうれしい。中西悟堂とは変名と思うが、いたずらをやめて本名を名乗って頂きたい。次号に全作を掲げさせていただく」という内容だった。内藤は中西の才能を高く評価し、処女歌集の出版を強く奨めた。祇園寺へも何度も足を運んできた。中西はその恩に報いる意味から、彼への献本を躊躇しなかった。

中西より十八歳年上であり、すでに歌人、国文学者として一家をなしていた窪田空穂は、新聞紙上で『唱名』を取り上げて「心憎い歌集」と評した。

岸田劉生を知ったのもこの頃だ。劉生は中西より四歳の年長で、大正元年にヒュウザン会を旗揚げした。セザンヌの影響を受けた油彩画を発表し、画壇に旋風を巻き起こしていた。さらに岸田はデューラーら北欧ルネッサンスの画家たちの影響の下、写実の基礎を維持したクラシックな独自の画風を築こうとした。草土社展で発表された「自画像」「少女の顔」「画家の妻」などは、視力を取り戻して絵画に熱中する中西を感心させた。

劉生は肺の病を疑われ、養生のために下駒沢村新町に妻子、妹と共に住んでいた。中西が曹洞宗中学林の寮を出て学友四人と共同で住むことになった借家からは、歩いて三十分とかからない距離だった。

岸田の実家は目薬を全国販売していた銀座の精錡水本舗である。その経営者である兄から仕送りを受ける劉生は、多くの絵や印刷画集を手に入れていた。これを見せてもらうのが中西の楽しみだった。

中西がデューラーやゴヤのリトグラフを画集から模写したものを見せると、劉生は「ん〜む、お前には絵の才能がある」と言って唸った。そして、自分の妻の像の油絵を中西に渡し、「これを預けるから模写してみろ」と言った。彼は中西の木炭の使い方の中に、並ではない天分を見出していた。

だが、中西は大正六年秋、再び視力が悪化するのを覚えた。『唱名』の好評に気を良くしていた頃だが、気持ちは暗転し「もう絵を描くことはできない」と諦めざるを得なかった。預かっていた油絵は、劉生に直接返却した。そして、ますます短歌の世界に進み、斎藤茂吉、若山牧水、高村光太郎らと親交を持つことになった。

大正七年春、視力低下のために中西は卒業試験を受けずに第五学年に留年した。「眼疾治癒のために、できる限りの努力をするべきだ」と意を決した中西は、築地に住むもう一人の叔父を頼って家を借り、海軍施療院に通い詰めることに精力を傾注した。

同年七月、曹洞宗中学林は療養を続ける中西に同情し、卒業扱いとする決定を下した。これを機に中西は『短歌雑誌』の主筆を引き受け、その一方では中央郵便局の外国課の非常勤となり、祇園寺に預けている祖母と病気療養中の義妹に送金した。

この頃、短歌よりも詩作に励むようになり、雑誌『韻律』を発行し始めた。中西は自分の中にある詩文の才能に対し、さらに自信を強めていた。眼疾が完治に近づいている自覚もあり、気持ちが浮き立った。その矢先、大きな衝撃が中西を襲った。

大正八年五月のことである。奥多摩の寺に預けていた義妹が病苦により鉄道自殺した。義妹は七歳年下で、順子といった。養父悟玄が知人の和尚の娘を引き取って入籍し、八歳か九歳の頃から祇園寺で起居を共にしていた。中西を実の兄のように慕う義妹だったが、成長するにしたがって肺疾患を思わせる咳を繰り返すようになった。時に血を吐いていた悟玄の病気が伝染したのだった。

悟玄の死後数年経って義妹の体調はすぐれず、憔悴の色が目立つようになった。このため、転地療法をと考えた中西は、学友である奥多摩の寺の住職に義妹の世話を依頼した。空気の良い山間の地で療養し、体力を回復することが期待された。やがて住職が彼女を慕い、彼女もこれに応えるという仲になった。これを知った祖母成美が「死んだ悟玄は、悟堂の嫁にと考えて養育してきたのだ」と告げたため、関係する者たちは大きく動揺した。

順子は死んだ時、十六歳だった。小さな胸でさぞや苦しんだことだろうと思うと、中西は義妹が哀れに思えてならなかった。せめて女学校に通わせてやりたかったと思うと、悔恨が募った。祖母の成美の落胆も大きかった。見る見るうちに元気を失い、食べ物が喉を通らなくなった。三か月後の八月、その祖母も死去した。享年八十だった。

中西は自分が天涯孤独になったことを意識した。義妹と祖母の記憶が脳裏を駆け巡った。多感な思春期を病苦とともに過ごした義妹、維新後の混乱に耐え、生母を失った孫の養育を担わされた祖母。二人が背負った人生は苦悩の連続だった。抗うことのできない天命というもの、その非情さに対して中西は憤りにも似た気持ちを抑えられなかった。

目をつぶると、愛宕下の家を引き払って武蔵野の原野の中の祇園寺に引っ越してきた時の祖母の零落した姿がよみがえった。その口癖だった「これくらいは何でもない」という意味の加賀訛りが中西の耳の中に鮮明に残っていた。

（六）

神々が棲むという広い空の下を、Sさんの車は軽快に走った。ことごとく区画整理された水田に、若い稲の穂が気持ちよさそうに育っている。その緑の海の上に白い鳥が多数散っていた。双眼鏡をあてると、コサギ、ダイサギ、アマサギだった。なかには灰色で大型のアオサギも混じっていた。

宍道湖の水面が遠目にも賑やかに夏の光を跳ね返している。対向車はほとんどない。

「広いけれど、ずっと農道なんだな、これが。人口こそ少ないが、道路と圃場整備は全国トップ。そのために政治家を国会に送っているようなものだから」

Sさんは薄笑いを浮かべながら、そう言った。

納税者の数とは関係なく、公共事業の恩恵を惜しみなく受けているという意味だろうか。その故郷への論評は、自慢なのか自嘲なのか、よく分からない。

中西悟堂の放浪は大正八年から始まった。年譜には「大学ノート一冊を懐に放浪の旅に出る」と記されている。祖母の成美が死去してから三か月後のことだった。

中西はまず、修行僧として過ごしたことのある四国へ行き、それから山陰に向かい、鳥取の三朝温泉に立ち寄ったところで、天台中学林の同級生、山村光俊に偶然会い、山村が住職をしていた安来の名刹清水寺に招かれた。大正九年九月、山村の依頼を承諾して長楽寺の住職となった。

Sさんはハンドルを握りながら私の話を聞いていたが、特段の反応を示さず、あまり興味はないという様子だった。

長方形に刈り込んだ珍しい屋敷林があちこちに見えた。出雲地方に特徴的な散居集落である。人々は水面よりも低い、栄養分の多い土地を耕してきた。だから、地味は豊かで収穫量は多いが、水の災害には弱い。そこで、発案されたのが屋敷林だったという。盛り土をして植林することで住居への水の浸入を防ごうとしたらしい。

昔はカシやタブなど暖地性の樹木が主体だったが、やがてクロマツに占有された。「屋敷林を専門に造園する職人たちがおり、このように整然とした景観が維持されている」と、Sさんは自慢するような口調で言った。

ここ宍道湖周辺に農村集落が形成されたのは近世以降の干拓の成果だという。その口調には、故郷の景観に関して旅の者の曖昧な知識や解釈は許さないという、やや頑なな気持ちが感じられた。

迷　鳥

「ところで」と、Sさんは続ける。「運が良ければ、めったに見られないものを今日、お見せできるでしょう」と、もったい付けたことを言った。

「さて、それは鳥ですか、魚ですか?」と私。Sさんは、にやにやするだけで答えてくれない。

車は湖の一角にある小さな入り江の前で止まった。湖に突き出すような形で古い石垣が残っている。その片側は小舟が通う水路、反対側は葦原だった。葦の群落が目の前の中州に広がっており、湖の縁を刺繡糸で装飾するかのように彼方まで続いていた。

あやうく帽子を飛ばされそうになるほど、時折、強い風が湖面から吹き寄せてきた。しかし、波頭は立っていない。渺として輪のような風紋をたたえる湖水が、目の前に広がっている。対岸には松江の街の高層ビルが霞んで見えた。

湖面を行き交う鳥はカワウとアオサギらしかった。葦原のなかでオオヨシキリが鳴いていた。

「この一帯よりも、左手の海の方角にかけてヨシキリの生息密度が高そうですね」と私。

「確かに。葦原がどれだけ残されているかで決まります。川の堰や護岸の工事のたびに、湖を管理する国に葦原の保護を求めてきた。われわれの提案はかなり活かされている。

けれども、少年のころに遊んだ豊かな宍道湖は、も

う戻ってこない」とSさんは詠嘆するように語った。

コンクリートで固めた岸辺に小舟が三艘、横付けになっていた。金属製の棒の先に頑丈そうな籠が取り付けられていた。これを湖に投げ入れて発電機の力で底をかき回し、名産の蜆を採るのだという。珍しそうに見入る私の脇で、「大きいのが採れないという訳じゃないが、全体としてずいぶん小ぶりになりました」と、Sさんは言った。そして「では本番に向かいますか」と、私をうながして立ち上がった。

田植えが終わって間もない広々とした水田が続いている。最寄りの人家まで二キロ以上はあろうか。緑の大きな平面が眼前に横たわり、その中に条理のように立派な農道が走っていた。

「すごく運が良ければ出ていますので、双眼鏡を出しておいてください」

そう言われ、まだ支度がととのわないうちに、私の肉眼の片隅に白い大きな鳥の姿が映った。田んぼの中にいる。私は車から飛び出して双眼鏡のピントを合わせた。

その姿は優美だった。近畿地方の日本海側で人工的に繁殖したコウノトリが、ここまで羽を伸ばすことがあるのだろうか。いや、形がもっとほっそりしている。

「ツルの仲間のように見えますが……」

「当たりましたね。ソデグロヅルですよ」

Sさんは、いかにも貴重なものに出会ったといった様子で言った。

彼はふたたび車に乗るように私を急がせた。できるだけ近づいて車中から観察するのが島根流なのだという。なるほど、ソデグロヅルは私たちが三〇メートルほどの距離に近づいても、悠然と田の土をつついては何かをくわえ、飲み込む動作を続けていた。

足の細さといい、尾羽のふっくらした感じといい、それは紛れもなく鶴の容姿だった。体色はおおむね純白だが、脇腹のあたりに灰色がかった羽毛が少し見える。くちばしと目のまわりが赤みを帯びている。そして、細く伸びた脚は鮮やかに赤かった。

北海道で観察したタンチョウの黒い脚とは明らかに異なっている。くちばしもやや長い感じがした。ただし、袖黒という名なのに、ただただ白く大型であることが、いぶかしく思えた。

Sさんは「しっ」と指を唇に立てて私を制しておきながら、ウインドウを下ろして、かなりの勢いでズーム式一眼レフのシャッターを切っている。その音に、鶴は動じる様子がない。

「こいつは大物だな」

私は感心しながら、鶴の挙動を観察し続けた。

鶴はやがて、「もういいかな」というような鷹揚な動きを見せたあと、空を仰ぐような仕草で首を高く上げてから、素早く翼を広げた。

その瞬間、翼の先端に鮮やかに黒いものがあった。そして、鶴はけっして軽々とはいえない姿で舞い上がり、水田の上を低く飛んだ。そのあと、湖と海を隔てて低く連なる出雲の山々の方向に去っていった。

翼の先の黒色の部分が、空の中に入っても双眼鏡のレンズに点として、しばらく残った。

私はすぐに図鑑を広げた。「立っている時の背丈は一三五センチ。翼を広げると二〇〇センチ以上」と書かれ、「ごくまれな冬鳥または旅鳥として水田や湿地に渡来する」と解説されていた。「額から前頭にかけて皮膚が裸出している」のが特徴という。「地上にいるとき、タンチョウの首や尾部がいつも黒色なのに対してソデグロヅルは純白に見える」という。その理由は「翼部分の三列風切が伸びて黒色の初列風切を覆う」からである。

あの鶴の額は確かに裸出していた。飛翔の寸前、翼の先端部が鮮やかな黒色に変わったのが驚きだった。私は初めて見たソデグロヅルの残像に興奮した。

「どのようにして、鶴がこの場所に来ると、あなたは知ったのですか」

「それは長年の勘というやつかな。来ているという一報で、その場所はピンときたね。私もカメラに収めたのは初めて。幸運でした」

Sさんはそう言い、「迷鳥とも漂鳥とも言ったりします」と付け加えた。

舞い去っていく白色の点が空の中に消えるまで、私たちはソデグロヅルを見送ることができた。黒色の羽は翼の第一列であり、地上で静止しているときは折りたたまれ、白色の胴体に隠れているのだそうだ。腹の一部が灰色だったことについて、Sさんは「幼さが残る青年なのでしょう」と解説した。

中国の南部から北極海方面に向かう途中に道に迷ったのだろうか。あるいは彼の内部に冒険心が疼いたのか。いずれにしろ、青年の鶴は迷って宍道湖のほとりに飛来したに違いない。その彷徨には端倪すべからざる情が湧いた。

その後、私たちは何本かの川を渡り、車を停めては野鳥を双眼鏡で追った。にわかに多弁になったSさんは、カワアイサなどの水鳥の近ごろの生活ぶりに変化がみられることなど、日ごろの野鳥観察の成果について語った。

S邸での夕食に湖で採れた蜆と冷凍保存の鮎が出た。庭で栽培しているサヤエンドウの変種だという豆を茹でたものが、焼酎に合って美味だった。すぐに酔いが回った。

「ソデグロヅルを観察できたのも、悟堂さんの縁で島根まで来たおかげですかね」と、Sさんはからかい半分の口調で言った。

夫人が運転する車でホテルに送ってもらった後、図鑑を取り出して再びソデグロヅルの頁を開いた。そこには「世界的な稀種」と書かれており、習性として「植物の根を好み、顔を泥だらけにしながら探すことが多い」というユーモラスな記述もあった。

水田で稲の根を掘って餌をとる習性は、田植えを終えて一息ついた農家にとっては、あまり歓迎したくないに違いない。私は初めて出会ったソデグロヅルに親近感を覚えた。

（七）

翌朝、私たちは松江城の濠沿いにある天台宗普門院に向かった。Sさんは「昨日はごくろうさまでした」と言っただけで、ソデグロヅルのことには触れなかった。しかし、「すごいのを、見せてやったぞ。どうだ、満足だろう」と言わんばかりの様子が、その血色のいい顔にあふれていた。

普門院は観光の名所であり、私たちは道路の案内板に導かれた。江戸期の中葉に松江藩主によって創建され、茶道教育の拠点としての役割を担ってきたという。寺の門前に文化財を解説するプレートが立っており、その記述も要領を得ていた。

明治二十二年にアメリカの新聞記者として来日し、すぐに旧制松江中学校の英語の教師になったラフカディオ・ハーンは、この寺に通って茶道の手ほどきを受けた。イギリスとギリシャの混血だった彼は帰化して妻の姓を取って小泉八雲と名乗る。彼の一連の作物から感じ取るキリスト教への反感と仏教の輪廻思想への傾倒は、この寺から始まったのかもしれない。そんなことを思いながら解説を読んだ。

私たちが訪ねたとき普門院住職は留守であり、〝大黒さん〟と呼ばれるという親切な奥方が和服姿で応対してくれた。早速、安来の長福寺から移管されて一年余経つ聖観音像を拝観させてもらった。等身大よりもやや小さい立像だ。寄木造りの体全体を黒い漆で覆っており、不思議な雰囲気を漂わす仏像だった。金箔と彩色が脱落して漆が露出したのだろうか。

「観音さまは、ただしくは観自在菩薩といいます」

大黒さんの言葉を黙って聴きながら、観音像を見つめた。冠をかぶり、目は半分開いている。耳が長く垂れている。蓮弁に乗り、左手を肩まで上げて立つ姿は女性を思わせた。

二十代の住職だった中西は、長福寺において毎朝、この聖観音像を仰ぎ見ていたはずだ。この仏像が平成の世に普門院に運ばれてきた理由について、大黒さんは「長福寺さんとは、何代も前の住職さんの頃から深い縁があります。無住の寺になってからも、しばしばここの住職が出かけてお参りをしていました。深い縁のそもそもの事情は定かではありません」と語った。

両寺の関係を結ぶのは、天台宗の山陰地方の総本山たる清水寺だ。私は清水寺の住職の教唆によって、長福寺を経て普門院までたどりついたことを、大黒さんに告げた。

「中西悟堂さんの足取りを追って、長福寺からここまでいらした方は初めてですね。しかし、中西さんがここに居られたのは古いことで、関連するものは何も伝えられておりません」

寺の縁起書には、松平不昧公や小泉八雲の名はあったが、中西悟堂の名はなかった。玄関に入る時に案内が出ていた茶道教室とは、おそらくこの大黒さんが指導するのであろう。小紋をあしらった品の良い和服が、いかにも茶室に似合いそうだった。

中西悟堂は大正十一年一月、この寺に移ってきた。その頃、彼の執筆のリズムは快調で、詩誌『帆船』『嵐』の同人として新聞、雑誌にも詩やエッセーを発表していた。抒情詩社に詩稿のストックを送り、同年十二月には第一詩集『東京市』を出版した。さらに例の長編小説に取り組んだ頃である。

普門院は自伝やエッセーに度々登場する。『人間の記録⑪中西悟堂　かみなりさま』の頁をめくると「この普門院は、松江市湖北の北田町の町はずれにあり、三方を三角の形の堀に囲まれた中に、寺の境内と寺領の水田があった」と回想されている。

当時は一本の橋だけが寺への通路だったらしい。旧制松江高校の音楽班が艫の高く上がったソリコ舟を操りながら楽奏し、よくこの橋をくぐったという。香川県や秋田県から名木を一本ずつ運ばせて造園した楓園もあったらしいが、いまは確認できなかった。

中西が「その奥の観月庵という茶室」と書いた建物は、今も中庭にあった。「時に私はその閑雅な茶室に書斎を移して執筆した」という。

中庭には心字池があり、ふだんは見学者を通さない場所だと言われたが、特にお願いして歩かせてもらった。中西の著作の中では「池の対岸の築山にそびえている老松の梢をねぐらとするフクロウが座敷を通りぬけて表庭の大木に移るようなこともあったほど、がらんとした庫裡で、私一人が住むにはもったいない広さだった」と回想されている。

当時、『東京市』の出版以来、東京から松江の寺を訪ねてくる詩人仲間が後を絶たなかったらしい。「川崎の詩人佐藤惣之助が来るし、ダダイスト辻潤も一か月あまり滞在して普門院の名で町じゅうの飲み屋を荒らしていた」と書かれている。

また、ある詩友は「戸籍の名を変えたいので、出家したことにしてくれないか」と手紙で依頼してきた。彼は中西と同じ明治二十八年生まれで、大正五年に本名で『赤土の家』という詩集を出していた。中西はその詩友が普門院において、僧侶として最低限の修行をしたことを装い、単なるペンネームではなく正式に改名が可能になるようにした。当時の法律では僧侶の資格を得ると、そうした扱いを受けたらしい。彼は以後、金子光晴の名で作品を発表した。

普門院の一室で撮影された写真が一枚、今日に伝わっている。洋服姿で眼鏡をかけた中西は髪の毛を伸ばし、とても僧侶には見えない。頬が引き締まり、精かんな顔付きであり、神経質そうな詩人の姿である。

私は大黒さんに、もう一度訊ねてみた。

「悟堂さんの時代から伝わる花瓶とか火鉢とかは、ありませんか」

「いいえ、火災にも遭っていますので……」

そう言った大黒さんは、「あっ、そう言えば」と、両手を軽く打ち合わせた。悟堂ゆかりのモノには違いなかったが、それは樹木だった。

中庭の片隅に大きなタブの木が生えており、人の腰のあたりの高さで左右に太い幹を張り出していた。その木の根元まで私を導いてくれた大黒さんは「中西悟堂さんはこの木がお好きで、この二股に分かれたところに腰かけて座禅をしていたそうです。いつも裸で、お酒をよく飲まれたそうです」とほほえみを絶やさずに話した。

私も思わず、笑いを誘われた。長編小説を書いていた中西は、タブの木に跨がって構想の時間を過ごしていたという。想像するその姿は実にユーモラスだった。しかし、同時に私は「またか」と思った。中西はここでもハダカと大酒で語り伝えられている。

中西が上京するのは、関東大震災の直後の大正十二年十月のことだ。普門院には一年八か月の滞在だった。彼は松江の松陽新聞の依頼でルポルタージュを書くためにウラジオストクに出かけており、そこで震災発生の一報を受けて松江に戻った。ただちに上京を決心すると、普門院の関係者や茶道の宗匠にもろくな挨拶はせず、清水寺の山村住職にも「あとはよろしく頼む」という趣旨のはがき一枚を、松江駅前のポストに投函しただけだったという。

私は悟堂かぶれの物好きに対応してくださった大黒さんに慇懃な礼をして玄関を出た。門前でSさんが待っていた。長い電話をあちこちに掛けながら、境内の造園を見ていたらしい。多忙な時を縫って付き合ってくれた彼の親切が身に沁みた。

彼はJRの駅で私を降ろすと、「次の予定が入っているので、ここで失礼します」と言って車を発進させた。去る車に向かって私は手を振った。

木次線の車中で、数冊の本を膝の上に出し、急いで頁をめくった。中西の裸の健康法について、一応片付けておかなければならなかった。「ハダカ哲学」といえば、彼の自然保護の活動や文芸上の仕事に興味を持ったことのある人ならば、知らない人はいない。「厳寒はハダカのシュンである」と唱え、雑誌や新聞の家庭欄に自らの裸体写真を掲載させたほどである。

変人の奇行のように見えるが、それは中西悟堂が真剣に考案した健康法だったらしい。満六十九歳の秋、婦人雑誌が撮影した多摩川べりを上半身裸で走る写真や、数え年七十五歳の正月、「パンツ一枚で散歩」の見出しで掲載された新聞全国版の記事が残っている。彼は「冬のハダカこそ、私を死から生へ返した恩恵であり、同時に精神の青春を保たせてくれた転機であった」と書いていた。

永田龍太郎が作成した年譜によれば、「この年の秋より健康の維持のためにハダカ生活を強行し、話題となる」と記されるのは昭和二十七年だ。中西が五十七歳のことである。

この頃の中西は病弱で「超多忙、超過労がたたって、始めは肺浸潤」さらに関節炎、黄疸、皮膚炎、中耳炎、脳血栓と「うちつづく病気の問屋」だった。「交通事情も悪い折柄、その通院も段々遠のき、農家の蚕室に寝たきりの臥床生活となった」と書いた。「蚕室」とは都下西多摩の秋留村の知人の農家の蚕室の一室のことである。中西と家族は戦時中に山形県東村山郡本沢村に疎開したが、昭和二十年十二月に上京して以来、この家に住んだ。

山形県への疎開には、『クォ・ヴァディス』の完訳に打ち込んだ梅田良忠が同行し、家族のようにして共に住んだ。梅田は曹洞宗学林の学友である。第二次世界大戦の初期までポーランドに滞在し、ジャーナリストとしても知られた。梅田は中西が書いた「ユピテル」という未完の詩劇をポーランド語に翻訳したらしい。それをワルシャワのショパン座で公演させたという。梅田は中西に未完の大詩劇を早く完成するように度々催促した。しかし、当時の中西には余裕がなかった。自伝には次のように書かれている。

十二月に疎開先から帰京すると、私はつぶれかけた日本鳥学会の復興を平凡社の下中弥三郎氏と計ったり、会員七十名に急落した野鳥の会の建直しにかかったりで、以降、詩劇をまとめるイマジネーションの日は一日とてなく、悪戦苦闘の連続であった。

さすがの野生児も持病をこじらせ、一時は寝たきりの生活を余儀なくされた。「ハダカ哲学」の題で昭和四十五年の『人間連峰』誌に発表した随筆が残っているが、その中で中西は昭和二十七年当時の状況を次のように振り返っている。

そこで決意したのが、医者と薬にたよるよりも、生活を一変して仏教に言う『四大』にたよろうということだった。僧籍にある私が自己救済の近道として考えたことであった。英国の詩宗エリオットにもこの『四大』の詩があるが、これも東洋傾斜の影響であって、西洋流に言えば単なる大地、水、光と熱、大気となる。

この随筆にはハダカ生活の自慢話の数々が書かれており、痛快この上ない。ユーモア精神が躍如としている。私は汽車の中で笑い続けた。

やがて眠くなった。まどろむ頭の中にソデグロヅルの姿があらわれた。

「君は迷鳥と呼ばれているぜ」

まぼろしの鶴に語りかけながら、私は座席に寄り掛かって、単線の鉄路の震動に身を任せた。

(八)

東京の自宅に戻ると、山に登ったかのような達成感があった。それは、目の前の風景が一変したような不思議な気分だった。中西悟堂の青年時代の断片に確実に触れたのだ、という思いが私を一歩前に押し出したようである。自分の若き日の煩悶まで緩和されたような錯覚すら覚えた。

出雲市のSさん、安来市の清水寺、松江市の普門院への礼状を投函した。旅を共にした悟堂さんの本は書棚に戻した。天王寺の旅館に忘れたカメラも届き、その礼状もしたためた。

ソデグロヅルのことが頭から離れなかった。数種類の大型の図鑑にあたり、その繁殖地がシベリアの南北に分散した狭い地域であることを知った。学名はラテン語で「白い鶴」。世界に十六種いるツルのうち、最も絶滅が心配される種だった。

私は妻にもその図鑑を見せた。妻は「へえ〜」と繰り返しながら、面白そうにソデグロヅルの生態に関する私の説明を聞いた。そして「その鶴、早くふるさとに帰れるといいのにね」と言った。

「早く帰ってしまったら、観察できなくなるじゃないか。バードウォッチャーとしては、なるべく長く日本に留まってほしいね。K君なんか、わざわざ見に行きかねない勢いだったよ」

そうは言ったが、私としても空の道に迷って日本に舞い降りた鶴の無事を願わずにはいられない。宍道湖で滋養をつけ、元の渡りのコースに復帰してほしいという気持ちは妻と同じだった。

二週間ほど経って、東大阪市のKからクール宅急便で水茄子の漬物が送られてきた。荷をほどくと、糠漬と塩漬の二種類が入っていた。封を切る時に胸が騒いだ。袋から一個を取り出して洗う。あざやかな紫色がかがやくようだった。それを手で割いて食べた。どちらも美味であり、その味覚によって本格的な夏の訪れを感じた。

新聞社の社会部の先輩であるHから電話があったのは、その前後のことだ。彼が私立大学で受け持つ講座の中で自然保護の運動の系譜を取り上げる計画だという。「野鳥観察を趣味にしている立場から、中西悟堂の思想について何か語ってもらえないか」との依頼だった。

「テーマは『環境思想の現代的意義を考える』だ。君が以前、中西悟堂のことを書いたエッセーのタイトル『看空追影』をテキストの題名に借用することにした。こうなれば、出て来ざるを得ないだろう。久しぶりに飲ませるぜ」

先輩風を吹かしたH独特の言葉づかいの中に、長年の付き合いが醸し出す親しみがこもっていた。私は曖昧な返事をしておきながら、気持ちは前向きだった。

中西の『定本野鳥記』の頁を繰ることにした。第八巻『わが心の風土』には、両親を失ったために叔父に育てられ、放浪と木食生活を経て詩人となった経緯が書かれている。それは教養小説として読んでもおもしろい波乱の自伝だった。

野鳥の会を創設した翌年、つまり昭和十年、中西が書いた『野鳥と共に』はベストセラーになった。「野鳥」の語を普及させたのは、この本である。以来、中西は銃や網による狩猟の規制に向けて行政を叱咤し続け、その姿には一途な迫力があった。

頁の余白に細かい字で書き込みがあり、過去に何度か読んだ形跡だった。『野鳥開眼』も再読した。昭和五十五年に日本野鳥の会会長を辞任した直後の苦悩と無念の思いが執拗なまでに記されていた。

一週間経って、今度は厚い手紙がHから届いた。講義とシンポジウムのラインナップを正式に決め、受講者らに告知したという。「中西さんの晩年の野鳥の会との確執に触れることなく、自然保護活動の源流としての中西思想のインパクトについて、ジャーナリストらしく平易に触れてください。君自身の経験を踏まえて話してくれることが望ましい」と書いてあった。

私は引き受ける旨の返事を書くとともに、「自然保護という言葉は、あまり好きになれない。人間の方が偉そうであって、何か逆転している感がある」というコメントも付け加えた。

仏教と文学修行によって鍛え抜かれた中西悟堂の思想を語る講師として、私はそのレベルには達していない。ただし、中西の発想と行動が世の中に与えたインパクトについては、新聞記者の経験を引き合いにして語ることができる。そう考えることにした。

社会に出て何をやるべきか迷っていた時期、私は世の中を見回して、容赦なく自然を壊してきた開発行為の数々に、一泡吹かせずにはいられない気持ちになった。それが元で新聞記者になったともいえる。記者時代にいくつかの新制度や法改正に関わったが、私の中には中西悟堂の影響が確実にあった。

ジャーナリズムの視点からの解析と評価。それはそれとして、中西の放浪時代の中に自分の解くべき宿題が依然として横たわっていることを意識する。Hの主宰する授業に協力することにより、この宿題を掘り下げるべきであると考えた。

私は久方ぶりに目黒区駒場の日本近代文学館を訪ねることにした。井の頭線の駒場東大前駅で降り、しばらく歩くと懐かしさが込み上げてきた。この道を何度、歩いたり走ったりしたことだろうか。昔は駒場と東大前の二つの駅があったが、私が中学生の時に両駅が合わさって一つの駅になった。旧駒場駅の坂を上って右に曲がって住宅街を抜けると、駒場公園の一角に文学館がある。

高校生の頃、その公園の片隅に気に入っている場所があった。クスノキの大木の根元である。授業を抜け出してよく通い、時にはイグサの茣蓙を広げて横になった。当時は公園東側の垣根を乗り越えて庭の中に入ることができた。今は正式な通用口に改造されていた。

旧前田侯爵家の和式の館を左手に見ながら配石の道を伝い、私は文学館の玄関の階段を上った。入館証を提示すると、受付の女性が「えっ」という顔をした。番号は「39」で「昭和42年発行」と滲んだインクで記されている。それが余程に意外だったらしく、彼女はしげしげと見ていたが、「随分きれいに使っていただき、ありがとうございます」と言って会釈した。

大学生の時に入館証を紛失し、再発行してもらった記憶がある。その後は更新していない。古いカードでも有効性は失っていないと彼女は言う。「あなたの生まれる前のことでしたか」と冗談を言うと、「そこまではいきませんが……」と、品の良い微笑を返してきた。

引き出し式のファイルで中西悟堂をあたり、大正から昭和初期に発行された関連六冊の閲覧を申し出た。まずは詩集『東京市』。読み始めてすぐに、当時の流行だった象徴詩風の表現が嫌になった。わざと晦渋な単語を用いては、青臭さを充満させている。六十代の中盤にいる私には読みづらかった。

『東京市』で中西は都会および市民たちのことを「君達」と呼んでいた。「君達は今、金貸しのやうに馬鹿者で、鼠のやうに虚言家で、蠅のやうに吝嗇家で、また馬よりも利口者だ」「都会はわたしを三十年間の犯罪で豊富にし、白昼と深夜の境界でわたしを刻々に分娩し、わたしに犯罪の歓喜や倦怠や優美や清浄を涛咲かせ、私の肉體を漸次に解體して……」。

大げさな表現が執拗に続く詩集は大正九年春、中西が松江の普門院の住職になってから数か月後に書き始められたという。同十一年五月に脱稿し、十二月に出版された。関東大震災の十か月前である。

〝生きもの〟である都市がいかに人々を歓喜させ、また群衆の中の孤独を意識させるか。それを離れた場所から展望する形だが、作者はむしろ都会に大きな羨望を抱えているとしか思えない。

この詩集は北原白秋や室生犀星に絶賛された、と中西は自伝に書いている。

関東大震災の後の大正十三年八月十日に東京日暮里の出版社である新作社から発行された『花巡礼』という詩集も手に取った。装幀の表題の一文字が「順」の字になっていた。中西が普門院の庭や松江城の濠端で見た二百種余りの草花に寄せた詩が興味深かった。書き始めたのは大正十一年五月で、『東京市』脱稿の直後にあたる。

水仙、牡丹、八重桜、オオイヌノフグリなど、月ごとに選んだ花の姿の上に、自己の孤独と虚無を重ねている。詩想に耽溺するような未熟で陶酔的な言葉に満ちていたが、花たちの存在感を受け止める独特の視点があった。

資料登録された本そのものは、「岩井」という人の持ち物だったらしい。扉には「一九二五年夏」の日付で中西の賛があった。「きょうも暑いぞ暑いぞ、野川の風がひんやりと座敷に流れてくる」と書かれ、そのペン書きの字はきわめて達筆だった。

野川とは国分寺から世田谷へと流れる川の名に相違ない。私は中学生の頃、その岸辺を度々歩いたことがある。武蔵野を吹き渡る川風を感じながら、この本に署名した中西はその時、普門院と松江の風景を想い起していたはずだ。

まれに古書市に出品されることのある第五詩集『武蔵野』は、大正十四年夏の発行。手に触れたことはあったが、全巻の頁をめくったのは初めてだった。あとがきに、放浪時代を振り返る断片的な文章が載っていた。

悲しい哉、既にこの時より前に武蔵野を去って東京で放浪してゐた私は、都会に疲れ、恋愛に敗れ、正義に倒れ、社会に憤りつつ、悄然として出雲に遁竄せねばならぬ日に際会してゐたのであった。

（中略）

斯かる詩集を書いたのは、一つにはごく懐古的な退嬰的な情緒的な水郷松江の奥に隠棲してゐて、殆ど死ぬばかりな都会への望郷病に囚はれ、憂鬱と嘆息との中で歳月の潮を噛んでいた為めでもあらうし、もう一つにルドンやアンリ・ルソオの芸術に溺れていた為の影響もあるからであらう。

これらの記述は『東京市』出版時の心境の吐露の形を取る。しかし、詩人としての気取りを横溢させた体裁的な言葉の羅列に過ぎない。放浪に至る事実関係の説明にはなっていなかった。

大震災の報告に刺激された私は、少年期の揺藍地の壊滅に対する悲しみの情のあまり、一九二三年十月、永らくの放浪を決然捨てて、再び灰燼の都市へ帰って来た。私の帰京のトランクにあったものは、既に脱稿された長編小説「犠牲者」だけであった。

中西の没後に発表された年譜では、島根から持参した長編小説について「江間修を介して新潮社に持ち込む。だが、僧と議論ばかりで一人の女性も登場しない作品では、と没になる」と記されていた。作成者の永田龍太郎は「保存されていたその三千枚の原稿を最近読み直してみたが、女性は結構登場しているし、それほど理屈っぽい筋書きとは思えない。が、当時の風潮には向いていなかったものと思える」と解説していた。

閲覧室での資料検索に要した時間はたかだか五時間ほどだったが、目も頭もやけに疲れたように感じた。自分も齢を取ったことを自覚した。昼食を抜いていたので空腹感もあった。眼鏡のくもりを拭きとった私は、机に積み上げた資料の版元と発刊日をメモし、ひとまとめにして返却することにした。

退出時には閲覧書籍の記録を受付に提出する。先ほどの女性が記録紙に目を落としてから、私の顔をちらりと見たので私も微笑を返した。

近代文学館で過ごした時間は、私の頭の中から喧騒を取りのぞいたような清涼感をもたらした。机の配列にしても外光の取入れ方にしても、調べ物を抱えてきた者に対する気遣いがある。鉛筆書きによる資料請求の仕方はいかにも旧式だが、係員と言葉を交わす検索作業が人間くさい感じだ。手伝ってもらっているという温かさがあった。

丘に登って深呼吸したような良い気持ちを抱えながら、私は外の玉砂利の道を歩き、旧前田侯爵邸の洋館に向かった。昔はここに木戸があり、入ってすぐ右手にテニスコートもあった。高校一年生の夏休み前に友人と二人でラリーしたが、すぐにボールが藪の中に入り、ついに出てこなかったのを覚えている。

私が再会したかった樹木はすぐに分かった。そのクスノキの大木は今も、ひときわ目立って枝を広げていた。この根元に寝転がり、英単語帳やリルケ詩集などをめくっていた自分の姿を思い起こした。

巨樹は年月の分だけ老化したとは思えなかった。昔と変わらずに旺盛な緑であった。樹下のベンチに大学生風の男がひとり座っていた。眠っているようでもあり、物思いにふけっているようでもある。それは高校生の私が莫蓙を敷いて寝転んでいた、ちょうどその位置だった。

多くの若者がこの木陰でお世話になり続けていることが面白かった。「君もかい」と呟いて自分の頬が緩むのを覚えた。

私はシイ、シラカシ、コナラ、クヌギから成る林の中を縫うように歩きながら、中西悟堂の青年時代について考え続けた。出雲へ旅立つ動機のなかに「恋愛に破れ」の一節があることに親しみが湧いた。さらに「正義に倒れ」「社会に憤り」とわざわざ言うのだから、それなりの蹉跌があったのだろう。

私の頭の中の中西悟堂は、依然として白髪の仙人然とした風貌である。その若き日の屈折を語る短い言葉に接すると、「悟堂さん」ではなく「悟堂よ」と呼び掛けたくなる。ようやく私の中で、出雲への旅が終わろうとしているように感じた。解らないことを、そのままに置いておくことができる状態にまでようやくたどりつくことができた。

帰りの電車に揺られながら、中一の文化祭に中西悟堂の招請を共同提案したT君のことを思い出した。高校を卒業して以来、会っていない。大学では野鳥観察サークルに所属し、活動費の助成を受ける文化団体への格上げを果たしたらしい。サークルの後輩にあたる者が野鳥の会事務局に勤務しており、そうした経緯を聞いたことがあった。私は彼をW環境塾の講義と討論のシリーズに誘ってみたいと思った。これも悟堂さんの縁である。

自宅に戻ると、ちょうど妻が小さな庭の草花に散水しているところだった。夕方の大気のエネルギーが、植え込みの木々や置石に浸み込むように感じる時間帯だ。プランターの中の松葉牡丹の幼い葉が、ホースから出る水に打たれていた。

妻は週の前半は、東北大震災後の港町に泊まり込み、小中学校での心理相談に関わる仕事をしている。いま帰ってきたばかりという様子であり、小さな赤いザックが玄関前に転がっていた。

妻はホースを握りながら、明るい声を出した。

「なあんだ、出かけていたの？　夕飯が作ってあるかな、と思って楽しみにして帰ってきたんだけど……」

「駒場の文学館に行くと、携帯メールで伝えたじゃないか。夕飯はこれから作ってやるよ」

「はい、ごくろうさま。それでは料理教室で習った技でよろしく」

定年退職後、私が家でぶらぶらしていることを妻は歓迎していた。洗濯、食器洗い、分別式のゴミ出しなどは夫の担当になった。市民農園に借りた小さな畑の手入れまで、無職の夫に管轄が移行したと主張するので口論が絶えない。

時に生意気なやつだとは思うが、大津波の被災地から帰って

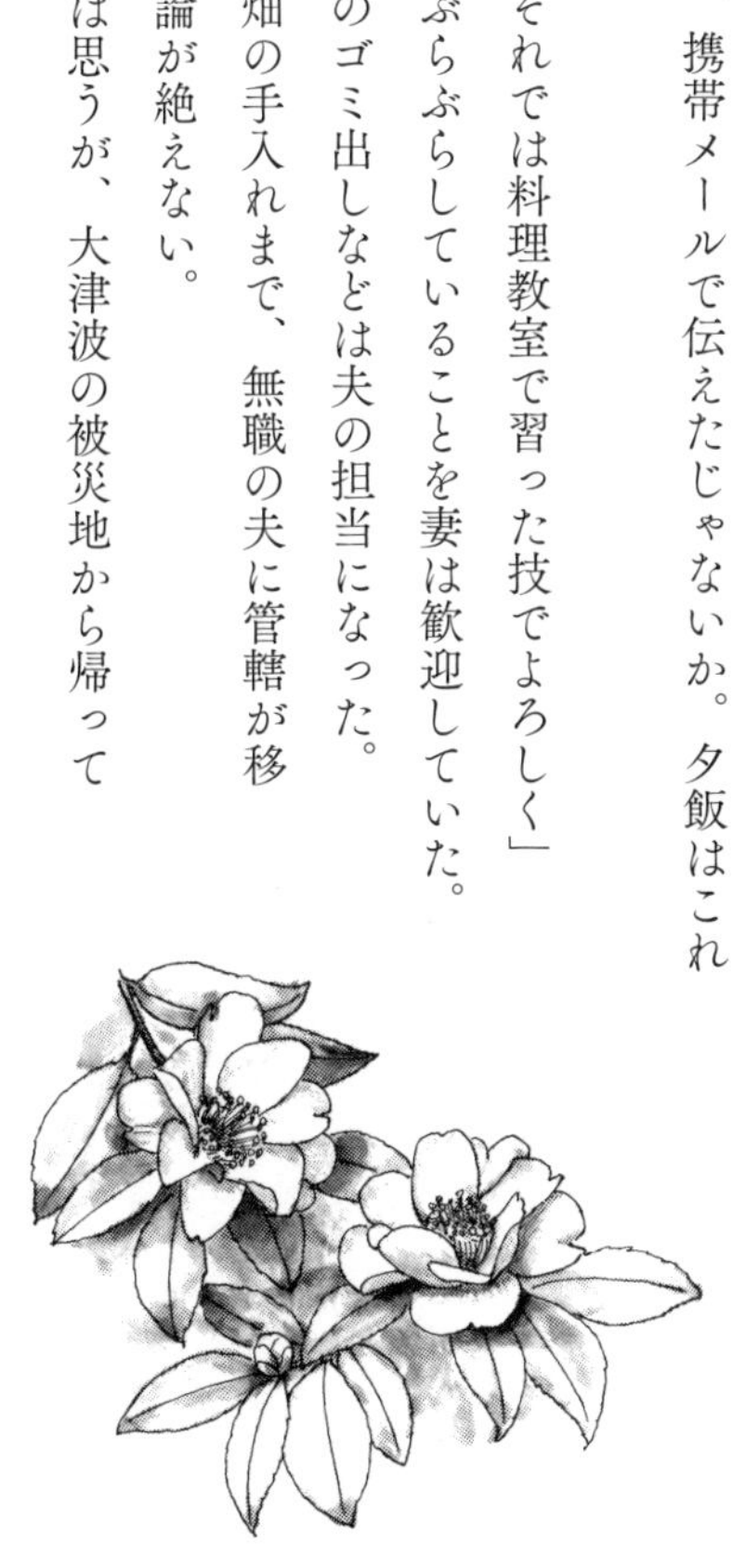

くる日には、家にいる自分が夕食ぐらいは作っておくべきだろうと思わないわけでもない。私は急いで手を洗うと、冷蔵庫の中にある菜類を物色した。玄関から妻の高い声が聞こえた。

「ところで、中西ゴウドウさんだっけ、調べものはもう終わったのですか?」

「何を言っている。中西悟堂だよ。ゴ、ド、ウ。日本野鳥の会の創設者だ。小学校の国語の教科書にも載っていただろ。有名だぞ」

「へえ、私はまったく知りません。私の友達だって、たぶん知りませんよ。教科書が違うんじゃないの。ゴドウさんね。野鳥の会はその人が作ったんですか。へえ、あなたにとっては偉い人だったのね。ハッ、ハッ、ハッ」

妻は照れ隠しをするように、わざとらしく声を立てて笑っている。さらに、「これでしょ」と言いながら両手を額の下に当てて丸めて見せ、野鳥観察の双眼鏡の形のつもりらしい。

「あっ、ハラグロヅルが見えました」

「いいかげんにしろ。俺にとっては、けっこう重要な問題なんだぜ。亭主の問題意識に、もう少し真面目な対応があってもいいんじゃないか」

その場のやりとりで不機嫌を装ったものの、私は怒る気はしなかった。自分が中西悟堂について調べていることは、およそ個人的な拘泥だ。自然関連のエッセーや議論に興味のない者が、彼の名を正確に知らなかったとしても無理はない。

私はふと、長男が中学校の卒業文集の「尊敬する人」の欄に「両津貫吉」という名を書き込んだことを思い出した。その名に記憶がなく、人名事典を二種類あたっても分からなかった。夕食時に本人に質したところ、漫画の主人公の怪力の警官であることが判明した。

「本当に知らないの」

父と兄のやりとりを聞いていた当時小学六年生だった次男に大いに笑われたものだった。

少年の日の憧れの人物は様々だ。それぞれ目標にして、人生は面白くなるのだ。そんな当たり前のことを思いながら、私は夕食メニューの肉野菜炒めをイメージして食材をそろえた。

妻は新聞の夕刊を開きながら、思い出したように笑い続けていたが、「大変失礼しました。では、ご飯の支度よろしくね」と投げるように言った。

「分かっている。任せておけ」

私は俎板の上に油揚げと小松菜を並べ、ザクリと包丁を入れた。


（了）

日本野鳥の会初代会長・中西悟堂
（昭和42年世田谷区砧の自宅にて）

あとがき

五十歳を過ぎて新聞社の定年退職が見え始めた頃から小説を書き始め、時には虚構を設けてその中で考える作業に没頭するようになった。山形支局に勤務していた頃に地元の文芸誌の仲間に入れてもらったことが断続的に作品を発表させていただく契機となり、現在まで続いている。

表題作の「埋もれた波濤」は、『山形文学』第107集に発表したもの。一九八三年九月に起きた大韓航空機撃墜事件の際、私は社会部記者の一年生で羽田空港の担当だった。発生時の取材やその後の遺族会とのお付き合いなどの記憶を遡りながら書いた。民間機の撃墜という未曽有の痛ましい事件の全容はいまだに解明されないままであり、私たちが何を知らされてきたのかを考えると、腹立たしさが募るばかりだ。いつかは書かねばならないと思ってきた素材である。小説という曖昧な形ではあるが、ようやく長年の宿題を果たしたつもりでいる。

「鳩憑」は、『山形文学』第81集にペンネームで発表した作品を加筆修正した。モデルは実際に鳩と闘った友人。人間の仕業によって野生を失った動物が、復讐めく生態となって現れる。その巡りあわせを素材にしている。これを書くことにより、人生のわずらわしきものと自分との距離をどのように設定すべきかを考えようとした。

「地図の中に吹く風」は、『山形文学』第86集に掲載したままの形で収録したが、登場人物の姓が他の作品と重複するため、その部分を変えた。定年退職が近付いた男の目的喪失の虚無感を描いてみたかったが、当時の自分の心境を反映していると言えなくもない。

「迷鳥」は、『山形文学』第106集に発表。日本野鳥の会の創設者である中西悟堂（昭和五十九年没）の年譜の空白部分を想像で補いながら、彼の青春の彷徨の意味を考えてみたかった。もちろんそれは自分自身の問題でもあるからだが……。私小説とも紀行文とも思える奇妙な作品になったが、自分としては懸案を片付けた思いでいる。中西悟堂は晩年、最後の仕事として天台で培った仏法を通して悟堂哲学を確立したいと言っていたが、病に勝てずに成し遂げられなかったという。雑誌の抜刷をお送りした際、長女ハルノさんからお手紙をいただいた。そこには「父の根本の精神は私にははかりしれないものがございました。（略）一度も会えなかった母を慕い続ける気持ちもあったかと思います」と書かれていた。

この書を、敬愛する故尾崎一雄先生に捧げることにする。昭和四十一年夏から五十八年三月に亡くなられるまで親しくお付き合いいただき、自然と人と文学とのかかわりについて多くを学ばせていただいた。ある時、下曽我のお宅で面談中に、「小説家になろうとか文芸評論を仕事にするとか思わない方がいい。新聞記者向きかな」と言われたのを覚えている。『尾崎一雄全集〈第12巻〉』（筑摩書房、一九八四年）月報に追悼文「石斧の思い出」を書かせていただいた。あの世でこの本を手に取られ、にこにこ笑いながら面白がって読んでくださるのではないかと思う。

第一小説集ということで、装画と挿絵を画家・森潮氏にお願いした。学生時代に俳句の手ほどきを受けた森澄雄先生（平成二十二年没）のご長男で俳誌『杉』主宰を引き継がれている。編集ご多忙の中、昔からの不良の友の無理を聞いてくださり申し訳なく思う。

題字は、酒友の「禅」代表・石塚静夫氏にお願いした。彼の自由な発想と、臨機応変の多様な書が好きであるが、大韓機撃墜事件の記憶を込めた字にするのに苦労してくれたらしい。ありがとう。

つたない作品の発表のたびに励ましてくださった山形文学の仲間と、単行本として出版を引き受けてくださった論創社の森下紀夫さんはじめスタッフの皆さんに感謝します。

二〇一八年七月

滑志田隆

❖著者略歴

滑志田 隆（なめしだ・たかし）

一九五一年神奈川県藤沢市生まれ。早稲田大学政治経済学部卒業。一九七八～二〇〇八年、毎日新聞記者。二〇〇八～一〇年、統計数理研究所客員研究員。二〇一〇～一五年、森林総合研究所監事。二〇一五～一八年、内閣府・農林水産省・国土緑化推進機構各委員。（現）森林総研フェロー。日本山岳会、日本野鳥の会、山形文学会、日本記者クラブに所属。俳誌『杉』『西北の森』同人。

◆筆者メールアドレス　nameshida@h2.dion.ne.jp

埋もれた波濤

二〇一八年九月一三日　初版第一刷印刷
二〇一八年九月一九日　初版第一刷発行

著　者　滑志田　隆
発行者　森下紀夫
発行所　論創社
〒一〇一－〇〇五一
東京都千代田区神田神保町二－二三　北井ビル
電　話〇三－三二六四－五二五四
ＦＡＸ〇三－三二六四－五二三二
web. http://www.ronso.co.jp/
振替口座　〇〇一六〇－一－一五五二六六

装画・挿絵　森潮
題　字　石塚静夫
装幀・組版　永井佳乃
印刷・製本　中央精版印刷

ISBN978-4-8460-1735-4